Diogenes Taschenbuch 24715

de
te
be

AF185596

Paulo Coelho

Der
Fünfte Berg

ROMAN

Aus dem brasilianischen Portugiesisch
von Maralde Meyer-Minnemann

Diogenes

Titel der 1996 bei Editora
Objetiva Ltda., Rio de Janeiro,
erschienenen Originalausgabe:
›O Monte Cinco‹
Copyright © 1996 by Paulo Coelho
Mit freundlicher Genehmigung von
Sant Jordi Asociados, Barcelona, Spanien
Alle Rechte vorbehalten
Paulo Coelho: www.paulocoelhoblog.com
Die deutsche Erstausgabe
erschien 1998 im Diogenes Verlag
Covermotiv: Designed by Jim Tierney for HarperOne
Copyright © Jim Tierney

*Für A.M., Krieger des Lichts,
und Mauro Salles*

Veröffentlicht als Diogenes Taschenbuch, 2000 und 2024
Alle deutschen Rechte vorbehalten
Copyright © 1998
Diogenes Verlag AG Zürich
www.diogenes.ch
50/24/36/1
ISBN 978 3 257 24715 2

Heilige Maria,
ohne Sünden empfangen,
bete für uns,
die wir uns an dich wenden.
Amen.

Er sprach aber: Wahrlich, ich sage euch: Kein Prophet ist angenehm in seinem Vaterlande.

Aber in der Wahrheit sage ich euch: Es waren viele Witwen in Israel zu Elias Zeiten, da der Himmel verschlossen war drei Jahre und sechs Monate, da eine große Teuerung war im ganzen Lande; und zu deren keiner ward Elia gesandt, denn allein gen Sarepta der Sidonier zu einer Witwe.

Lukas, 4: 24–26

Prolog

Zu Beginn des Jahres 870 v. Chr. genoß ein Gebiet, das als Phönizien bekannt war und das die Israeliten Libanon nannten, seit fast drei Jahrhunderten Frieden. Seine Bewohner konnten stolz sein. Um in einer Welt zu überleben, die unter ständigen Kriegen litt, hatten sie aus ihrer politischen Schwäche heraus notgedrungen beneidenswert geschickte Verhandlungstechniken entwickelt. Um 1000 v. Chr. schlossen sie eine Allianz mit König Salomo, was ihnen auch erlaubte, ihre Handelsflotte zu modernisieren und ihren Handel weiter auszudehnen.

Die phönizischen Seefahrer waren bis an so ferne Gestade wie das heutige Spanien und den Atlantischen Ozean gekommen, und gewissen bisher unbestätigten Theorien zufolge mußten sie im Süden und im Nordosten des heutigen Brasilien Inschriften hinterlassen haben. Sie beförderten Glas, Zedernholz, Waffen, Eisen und Elfenbein. Die Bewohner der großen Städte wie Sidon, Tyrus und Byblos kannten die Zahlen, astronomische Berechnungen, kelterten Wein und benutzten seit etwa zweihundert Jahren zum Schreiben ein System von Buchstaben, das die Griechen später Alphabet nannten.

Zu Beginn des Jahres 870 v. Chr. trat an einem fernen Ort namens Ninive ein Kriegsrat zusammen. Eine Gruppe assyrischer Generäle hatte beschlossen, ihre Truppen in einen

Eroberungskrieg gegen die an der Mittelmeerküste niedergelassenen Völker zu führen. Ihr erstes Ziel war Phönizien.

Auch zu Beginn des Jahres 870 v. Chr. warteten in einem Pferdestall in Gilead, in Israel, zwei Männer darauf, in den nächsten Stunden zu sterben.

Erster Teil

Ich diente einem Herrn, der mich jetzt meinen Feinden ausliefert«, sagte Elia.

»Gott ist Gott«, antwortete der Levit. »Er hat Mose nicht gesagt, ob er gut oder böse ist. Er sagte nur: *Ich bin, der ich bin.* Und er ist alles, was es unter der Sonne gibt – der Donner, der das Haus zerstört, und die Hand des Menschen, die es wieder aufbaut.«

Sie unterhielten sich, um ihre Angst zu vergessen. Jeden Augenblick konnten Soldaten die Tür des Pferdestalles aufstoßen, in dem die beiden sich befanden, sie entdecken und sie vor die einzig mögliche Wahl stellen: entweder den heidnischen Gott anzubeten, ihrem Gott abzuschwören, oder hingerichtet zu werden.

Würde der Levit seinen Glauben verraten und sein Leben retten, überlegte Elia. Er selbst hatte keine Wahl. Alles war seine Schuld, und Königin Isebel wollte seinen Kopf, um jeden Preis.

»Ein Engel des Herrn hat mich gezwungen, mit König Ahab zu sprechen, ich habe ihn gewarnt: Es wird so lange nicht mehr regnen, wie die Israeliten Baal anbeten«, und es klang fast so, als wollte er um Vergebung bitten dafür, daß er dem Engel gehorcht hatte. »Doch Gott handelt langsam. Wenn die Dürre unerträglich wird, hat Isebel längst alle vernichtet, die Gott treu blieben.«

Der Levit sagte nichts.

»Wer aber ist Gott?« fuhr Elia fort. »Führt er die Hand des Soldaten, der mit seinem Schwert die hinrichtet, die den Glauben unserer Väter nicht verraten? Hat er eine fremde Prinzessin auf den Thron unseres Landes gesetzt, auf daß all dieses Unglück gerade jetzt geschehen konnte? Tötet Gott die Getreuen, die Unschuldigen, diejenigen, die die Gesetze Mose befolgen?«

Der Levit traf seine Entscheidung. Er wollte lieber sterben. Der Gedanke an den Tod schreckte ihn nicht mehr. Er wandte sich an den jungen Propheten an seiner Seite und versuchte ihn zu beruhigen:

»Frage Gott, denn an *Seinen* Entschlüssen zweifelst du«, sagte er. »Ich füge mich in mein Schicksal.«

»Der Herr kann nicht wollen, daß wir gnadenlos dahingeschlachtet werden«, beharrte Elia.

»Gott kann alles. Würde Er nur das tun, was wir das Gute nennen, könnten wir Ihm nicht den Namen ›der Allmächtige‹ geben. Er würde dann nur einen Teil des Universums beherrschen, und es gäbe jemanden, der mächtiger wäre als Er und der Sein Handeln überwacht und beurteilt. Wäre es so, dann würde ich dieses noch mächtigere Wesen anbeten.«

»Wenn Er alles kann, warum verschont Er nicht jene vom Leiden, die ihn lieben? Warum rettet er sie nicht und gibt Seinen Feinden den Ruhm und die Macht?«

»Ich weiß es nicht«, antwortete der Levit, »doch es gibt einen Grund, und ich hoffe ihn bald zu erfahren.«

»Ihr habt keine Antwort auf diese Frage.«

»Nein.«

Beide schwiegen. Elia brach der kalte Schweiß aus.

»Ihr zittert vor Angst, ich aber habe mich in mein Schicksal gefügt«, meinte der Levit. »Ich werde hinausgehen und dieser Qual ein Ende bereiten. Jedesmal, wenn ich von draußen einen Schrei höre, muß ich an mein eigenes bevorstehendes Ende denken. Seit wir hier eingeschlossen sind, bin ich schon hundert Tode gestorben und müßte doch nur einmal sterben. Wenn ich schon geköpft werden soll, dann so schnell wie möglich.«

Auch Elia hörte die Schreie und auch er litt Todesängste.

»Ich gehe mit Euch. Ich bin es leid, um ein paar Lebensstunden mehr zu kämpfen.«

Er erhob sich und öffnete die Stalltür.

Der Levit faßte ihn am Arm, und zusammen machten sie sich auf den Weg. Wären da nicht von Zeit zu Zeit die Schreie gewesen, man hätte diesen Tag für einen beliebigen Tag in einer beliebigen Stadt halten können: Die Sonne brannte nicht auf der Haut, weil eine milde Brise vom fernen Meer her durch die staubigen Straßen mit ihren Lehmziegelhäusern wehte.

»Unsere Seelen sind dem Schrecken und dem Tode verhaftet, und dennoch ist es ein so schöner Tag«, sagte der Levit. »Früher, als ich mit der Welt und mit Gott im reinen war, war es oft unerträglich heiß, ließ der Wüstenwind meine Augen tränen, und ich konnte kaum die Hand vor Augen sehen. Nicht immer paßt der Plan Gottes zu dem, was wir erleben und wie wir uns fühlen. Doch bin ich mir sicher, daß Er für all dies einen Grund hat.«

»Ich bewundere Euren Glauben.«

Der Levit blickte nachdenklich zum Himmel. Dann wandte er sich an Elia.

»Wundert Euch nicht über mich: Es war eine Wette, die ich mit mir selbst geschlossen habe. Ich habe gewettet, daß Gott existiert.«

»Ihr seid ein Prophet«, entgegnete Elia. »Auch Ihr hört Stimmen und wißt, daß es jenseits dieser Welt eine andere Welt gibt.«

»Vielleicht bilde ich mir das alles nur ein.«

»Ihr habt Gottes Zeichen schon gesehen«, beharrte Elia, den die Bemerkungen seines Gefährten beunruhigten.

»Vielleicht bilde ich mir das alles nur ein«, war wieder die Antwort. »Für mich zählt nur meine Wette: Ich habe mir gesagt, daß all dies vom Allerhöchsten kommt.«

Die Straße war menschenleer. Die Leute warteten in ihren Häusern darauf, daß die Soldaten von Ahab taten, was die fremde Prinzessin verlangte, und die Propheten Israels hinrichteten. Elia schritt mit dem Leviten dahin, wähnte hinter jedem Fenster, hinter jeder Tür jemanden, der ihn beobachtete – und ihn für das verantwortlich machte, was geschah.

»Ich *wollte* nicht Prophet werden. Aber vielleicht bilde ich es mir nur ein«, überlegte Elia.

Doch nach dem, was in der Tischlerei geschehen war, wußte er, daß das nicht stimmte.

Von klein auf hatte er Stimmen gehört und mit den Engeln gesprochen. Damals hatten ihn seine Eltern gedrängt, einen Priester Israels aufzusuchen, der – nachdem er viele Fragen gestellt hatte – befand, daß er ein *nabi,* ein Prophet, sei, ein »Mann des Geistes«, aus dem »die Stimme Gottes spricht«.

Nachdem er viele Stunden mit ihm gesprochen hatte, sagte der Priester zu Elias Eltern, daß alles, was der Junge in Zukunft sagen würde, ernst zu nehmen sei.

Als sie von dort weggingen, verlangten die Eltern von Elia, daß er niemandem je sagen dürfe, was er sah oder hörte, denn Prophet sein bedeutete, mit den Regierenden verbunden zu sein, und das sei immer gefährlich.

Nun hörte Elia jedoch nie etwas, was die Priester oder die Könige hätte interessieren können. Er redete nur mit seinem Schutzengel, hörte auf dessen Ratschläge für sein eigenes Leben. Manchmal hatte er Visionen, die er nicht verstand – von fernen Ozeanen, von Bergen, in denen fremdartige Wesen lebten, von geflügelten Rädern mit Augen. Wenn diese Visionen verschwanden, tat er alles, um sie so schnell wie möglich zu vergessen, ganz wie seine Eltern ihn geheißen hatten. Daher wurden die Stimmen und Visionen immer seltener. Seine Eltern waren froh darüber und redeten nicht mehr davon. Als er alt genug war, um sich selbst zu ernähren, liehen sie ihm Geld, damit er eine kleine Tischlerei aufmachte.

Hin und wieder sah er voller Ehrfurcht auf die anderen Propheten, die in ihren mit Ledergürteln zusammengehaltenen Fellumhängen durch die Straßen von Gilead wanderten und sagten, der Herr habe sie dazu auserkoren, das auserwählte Volk zu führen. Nun, sein Schicksal war das nicht. Nie würde er sich durch Tänze und Selbstkasteiung in Trance versetzen können, was unter den »von der Stimme Gottes

Ergriffenen« der Brauch war – dazu fürchtete er Schmerzen zu sehr. Niemals würde er durch die Straßen von Gilead gehen und stolz die Wunden vorzeigen, die er sich in seiner Ekstase zugefügt hatte – dazu war er viel zu schüchtern.

Elia hielt sich für einen ganz gewöhnlichen Menschen, der sich wie alle anderen kleidete und dessen Seele mit genau denselben Ängsten und Versuchungen kämpfte wie die aller anderen Sterblichen auch. Je mehr er in seiner Arbeit als Tischler aufging, desto seltener hörte er Stimmen, bis sie ganz ausblieben. Denn Erwachsene und solche, die ihr Leben mit Arbeit verdienen, haben keine Zeit für solche Dinge. Seine Eltern waren zufrieden mit ihrem Sohn, und das Leben verlief harmonisch und friedlich.

Das Gespräch, das er als Kind mit dem Priester geführt hatte, war nur noch eine ferne Erinnerung. Elia konnte nicht glauben, daß Gott der Allmächtige zu den Menschen sprechen mußte, um seine Befehle durchzusetzen. Was in seiner Kindheit geschehen war, konnten nur die Phantasien eines Jungen gewesen sein, der nichts Besseres zu tun hatte. In Gilead, seiner Heimatstadt, gab es einige sogenannte ›Verrückte‹. Sie verbrachten ihr Leben auf der Straße, predigten das Ende der Welt und lebten von Almosen. Dennoch hatte sie nie ein Priester »von Gott Ergriffene« genannt.

Elia kam zum Schluß, daß die Priester niemals ganz sicher wußten, was sie da sagten. Die »von Gott Ergriffenen« waren nur das Ergebnis einer Gesellschaft, die nicht wußte, wohin sie trieb, in der sich Geschwister entzweiten und die Machthaber sich immer schneller abwechselten. Es war ein und dieselbe Gesellschaft, die die Propheten und Verrückten hervorbrachte.

Als er von der Heirat seines Königs mit Isebel, der Prinzessin von Tyrus, erfuhr, maß er dem keine besondere Bedeutung bei. Andere Könige des Volkes Israel hatten das gleiche getan und dadurch einen dauerhaften Frieden in der Region und ständig wachsende Handelsbeziehungen mit dem Libanon gefördert. Elia scherte sich wenig darum, daß die Bewohner des Nachbarlandes an Götter glaubten, die es nicht gab, oder merkwürdigen Kulten anhingen, in denen beispielsweise Tiere und Berge angebetet wurden. Sie waren ehrbare Kaufleute, und das vor allem zählte.

Elia kaufte weiterhin das Zedernholz, das sie brachten, und verkaufte das, was er in seiner Werkstatt hergestellt hatte. Obwohl sie etwas stolz waren und sich selbst gern »Phönizier« nannten, weil sie eine andere Hautfarbe hatten, hatte kein Kaufmann je das in Israel herrschende Durcheinander für sich ausgenutzt. Sie zahlten den angemessenen Preis für die Waren und verloren kein Wort über den Bürgerkrieg und die anderen innenpolitischen Probleme der Juden.

Nachdem sie den Thron bestiegen hatte, bat Isebel Ahab, den Kult des Herrn durch den der Götter des Libanons zu ersetzen.

Auch das war nichts Neues, und Elia diente, obwohl er über Ahabs Verhalten empört war, weiterhin dem Gott Israels und lebte nach den Gesetzen Moses. ›Es wird schon wieder vorübergehen‹, dachte er. ›Isebel hat Ahab verführt, doch sie wird nicht genügend Macht haben, um auch das Volk zu überzeugen.‹

Doch Isebel war eine außergewöhnliche Frau. Sie glaubte,

daß Baal sie auf die Welt kommen ließ, damit sie die Völker und Nationen bekehre. Geschickt und geduldig entschädigte sie anfangs die, die dem Herrn abschworen und die neuen Gottheiten annahmen. Ahab ließ Baal in Samaria ein Haus bauen und ihm darin einen Altar errichten. Bald schon pilgerten die Menschen dorthin, und bald betete man überall im Land die Götter des Libanon an.

›Es wird schon vorübergehen. Vielleicht braucht es eine Generation, doch es wird vorübergehen‹, dachte Elia immer noch.

Dann geschah das, worauf er nicht vorbereitet war.

Es war an einem Nachmittag, als er gerade einen Tisch in seiner Werkstatt fertiggestellt hatte. Plötzlich wurde alles um ihn herum dunkel, Tausende kleiner weißer, leuchtender Punkte umflirrten ihn. Sein Kopf und sein Nacken begannen zu schmerzen. Er wollte sich setzen, doch er bemerkte, daß ihm kein einziger Muskel gehorchte.

Das war keine Einbildung.

›Ich bin tot‹, dachte er dabei. ›Und jetzt entdecke ich, wohin uns Gott nach dem Tod schickt: mitten ins Firmament.‹

Ein Licht leuchtete besonders hell, und unvermittelt – als käme sie gleichzeitig von überallher, ertönte eine Stimme, die ihm befahl, er möge Ahab sagen:

»So wahr der Herr, der Gott Israels, lebt: Es soll diese Jahre weder Tau noch Regen kommen.«

Im nächsten Augenblick war alles wieder wie vorher: die Tischlerwerkstatt, das Abendlicht, die Stimmen der Kinder, die auf der Straße spielten.

In jener Nacht schlief Elia nicht. Zum ersten Mal seit vielen Jahren hatte er wieder die Empfindungen, die er als Kind gehabt hatte. Doch diesmal hatte nicht sein Schutzengel, sondern ›etwas‹, das mächtiger und stärker war als dieser, zu ihm gesprochen. Er hatte Angst, daß seine Geschäfte verflucht sein würden, wenn er nicht tat, wie ihm geheißen.

Am Morgen darauf beschloß er zu tun, was ihm die Stimme aufgetragen hatte. Schließlich war er ja nur der Bote für etwas, was nicht ihn selbst betraf. Wenn er seinen Auftrag ausgeführt hatte, würden die Stimmen ihn nicht wieder stören.

Es war nicht schwierig, bei König Ahab eine Audienz zu erhalten. Seit König Salomos Thronbesteigung spielten die Propheten bei Geschäften und der Regierung seines Landes eine zunehmend wichtige Rolle. Sie konnten heiraten, Kinder haben, doch sie mußten immer für Gott da sein, damit die Regierenden nicht vom rechten Weg abkamen. Es hieß, daß dank der »von Gott Ergriffenen« viele Schlachten siegreich geschlagen worden waren und daß das Volk Israel überlebte, weil die Regierenden, wenn sie vom rechten Weg abkamen, immer einen Propheten hatten, der sie auf den Weg des Herrn zurückführte.

Als Elia vor dem König stand, warnte er ihn vor einer Dürre, die das Land heimsuchen würde, bis der Kult der Götter der Phönizier aufgegeben würde.

Der Herrscher maß seinen Worten keine große Bedeutung bei, doch Isebel, die neben Ahab saß und aufmerksam zuhörte, stellte eine Reihe von Fragen. Elia berichtete ihr von der Vision, den rasenden Kopfschmerzen und daß die Zeit wie stillgestanden hätte, während er dem Engel zuhörte. Dabei konnte er die Prinzessin aus nächster Nähe betrachten, über die alle redeten. Sie war eine der schönsten Frauen, die er je gesehen hatte, mit langem schwarzen Haar, das ihr bis zu den Hüften des wohlgeformten Körpers fiel. Die grünen Augen in dem braunen Gesicht blickten fest in Elias Augen. Er vermochte ihren Ausdruck nicht zu deuten, noch konnte er ermessen, welchen Eindruck seine Worte auf Isebel machten.

Als er den Palast verließ, war er überzeugt, seine Mission erfüllt zu haben und sich nun wieder seiner Arbeit in der Tischlerei widmen zu können. Und er begehrte Isebel mit der ganzen Glut seiner 23 Jahre, so sehr, daß er zu Gott betete, ihn doch dereinst eine Frau im Libanon finden zu lassen, weil sie dort so schön waren mit ihrer dunklen Haut und den geheimnisvollen grünen Augen.

Elia arbeitete bis zum Abend und schlief dann friedlich. Am nächsten Morgen wurde er noch vor Sonnenaufgang vom Leviten geweckt. Isebel hatte den König davon überzeugt, daß die Propheten eine Gefahr für Israel darstellten. Ahabs Soldaten hatten Befehl erhalten, alle hinzurichten, die sich weigerten, ihrer göttlichen Mission zu entsagen.

Allein Elia hatte keine Wahl: Er sollte auf jeden Fall getötet werden.

Zwei Tage lang hielten er und der Levit sich im Pferdestall südlich von Gilead versteckt, während vierhundertfünfzig *nabi* hingerichtet wurden. Dennoch war der größte Teil der Propheten, die sich selbst geißelnd durch die Straßen gezogen waren und das Ende der Welt vorhergesagt hatten, zur neuen Religion übergetreten.

Ein plötzliches Geräusch, dem ein Schrei folgte, riß Elia aus seinen Gedanken. Erschrocken wandte er sich seinem Gefährten zu.

»Was ist passiert?«

Doch er erhielt keine Antwort. Der Levit fiel zu Boden. Ein Pfeil hatte ihm die Brust durchbohrt.

Vor Elia stand ein Soldat und legte einen neuen Pfeil an seinen Bogen. Elia blickte sich um: Alle Fenster und Türen in der Straße waren geschlossen, die Sonne strahlte am Himmel, eine Brise wehte vom Meer herüber, von dem er schon so viel gehört, das er aber nie gesehen hatte. Er dachte daran, wegzurennen, doch er wußte, daß er getroffen werden würde, noch bevor er an der nächsten Straßenecke angelangt war.

›Wenn ich schon sterben muß, dann nicht durch einen Schuß in den Rücken‹, dachte er.

Der Soldat hob erneut den Bogen. Zu seiner eigenen Überraschung regte sich in Elia weder Angst noch sein Überlebenstrieb – nichts. Es war, als wäre diese Szene schon seit langem vorbestimmt und als spielten beide, er und der Soldat, nur die Rolle in einem Drama, das ein anderer geschrieben hatte. Elia dachte an seine Kindheit, an die Morgen und die Abende in Gilead, an die unfertigen Arbeiten in seiner Tischlerei, er dachte an seine Eltern, die nicht wollten, daß ihr Sohn Prophet würde. Er dachte an Isebels Augen und an König Ahabs Lächeln.

Er dachte, wie dumm es doch war, mit kaum dreiundzwanzig Jahren zu sterben, ohne je eine Frau geliebt zu haben.

Die Hand ließ die Sehne zurückschnellen, der Pfeil durchschnitt die Luft, flog sirrend an seinem rechten Ohr vorbei und bohrte sich in den staubigen Boden hinter ihm.

Der Soldat spannte den Bogen abermals und zielte auf ihn. Doch anstatt den Pfeil abzuschießen, starrte er Elia in die Augen.

»Ich bin der beste Bogenschütze in Ahabs Armee«, sagte er. »Sieben Jahre habe ich kein einziges Ziel verfehlt.«

Elia sah auf die Leiche des Leviten hinunter.

»Dieser Pfeil galt dir.« Der Soldat hatte den Bogen gespannt, und seine Hände zitterten. Elia war der einzige Prophet, der getötet werden mußte. Die anderen konnten zwischen Baal und dem Tod wählen.

»Dann vollende deine Arbeit.«

Er wunderte sich, wie ruhig er war. Er hatte sich den Tod in den Nächten im Stall so oft ausgemalt und sah jetzt, daß er unnötig gelitten hatte. In wenigen Sekunden würde alles vorbei sein.

»Ich kann nicht«, sagte der Soldat, dessen Hände noch immer zitterten, während der Bogen sich hin und her bewegte. »Geh, verschwinde, denn ich glaube, daß Gott meine

Pfeile umgeleitet hat und mich verfluchen wird, wenn es mir gelingt, dich zu töten.«

Sowie Elia begriff, daß er dem Tod entronnen war, kehrte seine Todesangst zurück. Noch gab es die Möglichkeit, einmal das Meer zu sehen, eine Frau zu finden, Kinder zu haben, die Arbeiten in der Tischlerwerkstatt zu Ende zu führen.

»Töte mich bitte schnell«, sagte er. »Jetzt bin ich ruhig. Wenn du lange wartest, werde ich um alles leiden, was ich verlieren werde.«

Der Soldat blickte um sich, um festzustellen, ob irgend jemand Zeuge dieser Szene geworden war. Dann senkte er den Bogen, steckte den Pfeil in den Köcher und verschwand um die Ecke.

Elia fühlte seine Beine unter ihm nachgeben. Plötzlich war die Angst wieder da. Er mußte aus Gilead verschwinden, um niemals mehr vor einem Soldaten stehen zu müssen, der mit seinem Pfeilbogen auf sein Herz zielte. Nicht er hatte sein Schicksal gewählt, er hatte Ahab nicht aufgesucht, um sich später vor den Nachbarn damit zu brüsten, daß er mit dem König sprechen durfte. Für das Massaker unter den Propheten war er nicht verantwortlich – und auch nicht dafür, daß an einem Nachmittag die Zeit stehengeblieben und sich seine Werkstatt in ein schwarzes Loch voller leuchtender Punkte verwandelt hatte.

Wie der Soldat schaute auch er um sich. Die Straße war menschenleer. Er überlegte noch, ob er das Leben des Leviten retten könnte, doch dann kam die Angst wieder in ihm hoch, und bevor noch irgend jemand kam, floh Elia.

Er wanderte viele Stunden, schlug Wege ein, die lange niemand gegangen war, bis er an das Ufer des Baches Krith gelangte. Er schämte sich seiner Feigheit, doch er war auch froh, noch zu leben.

Er trank ein wenig vom Wasser, setzte sich, und erst da wurde ihm seine Lage bewußt: Spätestens morgen müßte er etwas essen, doch in der Wüste würde er kaum Nahrung finden.

Er erinnerte sich an die Tischlerei, an die Arbeit so vieler Jahre und daß er dies alles aufgeben mußte. Mit einigen seiner Nachbarn war er befreundet, aber auf sie zählen konnte er trotzdem nicht. Die Nachricht von seiner Flucht würde sich in der Stadt wie ein Lauffeuer verbreiten und alle würden ihn dafür hassen, daß er entkommen war und die wahren Männer des Glaubens zu Märtyrern machte.

Alles, was er bisher getan hatte, war zerstört. Und nur weil er glaubte, dadurch Gottes Willen zu erfüllen. Morgen oder übermorgen, in den nächsten Wochen und Monaten, würden die Kaufleute aus dem Libanon an seine Tür klopfen, und jemand würde ihnen sagen, daß der Besitzer geflohen sei, der Schuld sei am Tod vieler unschuldiger Propheten. Vielleicht würden sie ihnen auch sagen, daß er versucht habe, die Götter zu zerstören, die Himmel und Erde schützten. Bald würde die Geschichte über Israels Grenzen hinausdringen, und dann würde er nie eine Frau heiraten, die so schön war wie die Frauen aus dem Libanon.

›Aber es gibt doch Schiffe.‹

Ja, es gab wohl Schiffe. Verbrecher, Gefangene, niedriges Gesindel wurden durchaus als Seeleute genommen, denn

Seemann sein war noch gefährlicher als Soldat. Im Krieg hatten die Soldaten manchmal Glück und kamen mit dem Leben davon, die Seeleute dagegen hatten wenig Chance, die Meere waren unbekannt, wimmelten von Ungeheuern, und wenn ein Unglück geschah, überlebte niemand, der die Geschichte hätte erzählen können.

Schiffe gab es wohl, doch die wurden von den phönizischen Kaufleuten kontrolliert. Elia war weder ein Verbrecher noch ein Gefangener oder niedriges Gesindel; er war vielmehr jemand, der es gewagt hatte, seine Stimme gegen Baal zu erheben. Fänden sie ihn, so würden sie ihn töten und ins Meer werfen, denn die Seeleute glaubten, daß Baal und seine Götter die Stürme beherrschten.

Er konnte nicht ans Meer. Nach Norden in den Libanon konnte er auch nicht. Und auch nach Osten konnte er sich nicht wenden, weil sich verschiedene jüdische Stämme seit Generationen bekriegten.

Er dachte an die Ruhe, die ihn überkommen hatte, als er vor dem Soldaten stand. Was bedeutete der Tod schon? Der Tod war ein Augenblick und nicht mehr. Und selbst die Schmerzen wären gleich vorüber gewesen, und dann hätte Gott ihn bei sich aufgenommen.

Er legte sich auf den Boden und blickte lange in den Himmel. Wie der Levit wollte auch er seine Wette abschließen. Es ging nicht um die Existenz Gottes – daran zweifelte er nicht –, sondern um den Sinn seines Lebens.

Er sah auf die Berge, auf das Land, dem – das hatte der Engel des Herrn gesagt – nun eine Dürre bevorstand. Er sah den Bach Krith, der bald versiegen würde. Innig und respektvoll nahm er Abschied von der Welt und bat den Herrn, ihn gnädig bei sich aufzunehmen, wenn seine Stunde kam.

Er fragte sich, wieso er überhaupt lebte, und fand keine Antwort.

Er überlegte, wohin er gehen könnte, und entdeckte, daß er in der Falle saß.

Morgen würde er umkehren und sich stellen, auch wenn seine Todesangst wiederkam.

Umsonst versuchte er sich mit dem Gedanken zu trösten, daß ihm immerhin noch ein paar Stunden zu leben blieben. Er entdeckte, daß der Mensch kaum je die Macht hat, eine freie Entscheidung zu fällen.

Elia wachte am nächsten Tag auf und blickte wieder auf den Bach Krith.

Morgen oder in einem Jahr würde dieser nur ein Weg aus feinem Sand und runden Steinen sein. Die alten Bewohner würden diesen Ort weiterhin Krith nennen und vielleicht jemandem, der nach dem Weg fragte, sagen: »Das liegt bei dem Bach, der hier vorbeifließt.« Die Reisenden würden sich dort hinbegeben und nur die runden Steine und den feinen Sand sehen und sich sagen: »Hier war einmal Wasser.« Doch das Wichtigste an einem Bach, sein Wasser, wäre nicht mehr da, um den Durst zu stillen.

Wie die Bäche und die Pflanzen brauchten auch die Seelen eine Art von Regen: die Hoffnung, den Glauben, einen Grund, zu leben. Wenn es dies nicht mehr gab, dann starb alles in dieser Seele, obwohl der Körper weiterhin lebte. Und die Leute konnten sagen: »Hier in diesem Körper wohnte einmal ein Mensch.«

Es war jetzt nicht der Zeitpunkt, darüber nachzusinnen. Er erinnerte sich abermals an das Gespräch mit dem Leviten, kurz bevor sie gemeinsam den Stall verlassen hatten. Wozu so viele Tode sterben, wenn ein einziger genügte? Er brauchte nur auf Isebels Soldaten zu warten. Kommen würden sie zweifellos, denn es gab nicht viele Orte, wohin man sich aus Gilead flüchten konnte. Die Übeltäter gingen in die Wüste – und wurden dann dort wenige Tage später tot aufgefunden. Oder sie gingen zum Bach Krith, wo sie am Ende immer gefangen wurden.

Also würden die Soldaten bald kommen. Und er würde froh sein, sie zu sehen.

Er trank ein wenig vom kristallklaren Wasser, das neben ihm dahinfloß. Er wusch sein Gesicht und suchte einen Schatten, um dort seine Verfolger zu erwarten. Ein Mensch kann nicht gegen sein Schicksal ankämpfen – und er, Elia, hatte bereits gekämpft und verloren.

Obwohl die Priester ihn einen Propheten nannten, hatte er beschlossen, als Tischler sein Leben zu bestreiten. Doch der Herr hatte ihn wieder auf seinen Weg zurückgeführt.

Er war nicht der erste, der versuchte, sich der Bestimmung zu entziehen, die Gott für jeden Menschen auf Erden bereithielt. Einem Freund von ihm, der eine großartige Stimme hatte, verboten die Eltern, Sänger zu werden, weil dieser Beruf seine Familie entehrt hätte. Eine seiner Jugendfreundinnen war eine begnadete Tänzerin; doch ihre Familie hatte ihr das Tanzen untersagt, aus Angst, der König würde sie zu sich in den Palast rufen; das Leben bei Hofe galt als sündig und machte jede Hoffnung auf eine gute Heirat zunichte.

»Der Mensch wurde geboren, um sein Schicksal zu verraten.« Gott gab den Herzen nur unmögliche Aufgaben.

»Warum?«

Vielleicht weil die Tradition aufrechterhalten werden mußte.

Doch das war keine gute Antwort. »Die Bewohner Libanons sind weiter als wir, weil sie die Tradition der Seefahrer fortgeführt haben. Als alle Welt nur ein und denselben Schiffstyp benutzte, hatten sie beschlossen, etwas ganz anderes zu bauen. Viele verloren auf See ihr Leben, doch die Schiffe wurden verbessert, und nun beherrschen die Phönizier weltweit den Handel. Sie haben einen hohen Preis bezahlt, um sich anzupassen, doch es hat sich gelohnt.«

Vielleicht verriet der Mensch sein Schicksal, weil Gott nicht näher war. Er hatte in die Herzen Träume gelegt, die einer Zeit entstammten, in der alles möglich war, und hatte sich dann um andere Dinge gekümmert. Die Welt veränderte sich, das Leben wurde schwieriger, doch die Träume der Menschen wurden nicht entsprechend angepaßt.

Gott war fern. Wenn er die Engel schickte, damit sie mit seinen Propheten sprachen, dann nur, weil es hier noch etwas zu tun gab. Was wäre dann die Antwort?

»Vielleicht haben unsere Eltern sich geirrt und fürchteten, wir würden dieselben Fehler machen. Oder vielleicht haben sie sich auch nie geirrt und wissen nicht, wie sie uns helfen können, wenn wir ein Problem haben.«

Er fühlte, daß er der Antwort ganz nahe war.

Der Bach floß neben ihm dahin, einige Raben kreisten am Himmel, Pflanzen wuchsen unbeirrbar aus dem sandigen, sonst unfruchtbaren Boden. Was hätten wohl ihre Ahnen gesagt?

»Bächlein, suche dir einen besseren Ort, um in deinem klaren Wasser die Helligkeit der Sonne widerzuspiegeln, denn die Wüste wird dich austrocknen«, würde ein Gott des Wassers gesagt haben, sofern es ihn gab. »Raben, es gibt mehr Nahrung in den Wäldern als zwischen den Felsen und dem Sand«, würde der Gott der Vögel gesagt haben. Und der der Blumen: »Pflanzen, werft euere Samen fern von hier ab, denn die Welt ist voller fruchtbarer, feuchter Erde und ihr würdet schöner wachsen.«

Doch weder der Krith noch die Pflanzen oder die Raben – einer hatte sich in der Nähe niedergelassen – hatten den Mut zu tun, was die anderen Flüsse, Vögel oder Blumen für unmöglich gehalten hatten.

»Ich lerne«, sagte er zum Vogel, »auch wenn ich ein unwürdiger, unnützer Schüler bin, denn ich bin zum Sterben verurteilt.«

»Du hast entdeckt, wie einfach alles ist«, schien der Rabe zu antworten. »Man muß nur Mut haben.«

Elia lachte, denn er hatte einem Vogel die Worte in den Mund gelegt. Das war ein vergnügliches Spiel. Er hatte es bei der Frau gelernt, die Brot backte. Und er beschloß fortzufahren. Er würde Fragen stellen und sich so selbst eine Antwort geben können, als wäre er ein wahrer Weiser.

Der Rabe flog auf. Elia wartete weiter auf Isebels Soldaten, denn einmal sterben genügte.

Der Tag verging, ohne daß etwas geschah. Sollten sie vergessen haben, daß der größte Feind ihres Baal noch am Leben war? Warum verfolgte ihn Isebel nicht, obwohl sie doch wissen mußte, wo er sich befand?

»Weil ich es in ihren Augen gelesen habe, und sie ist eine kluge Frau«, sagte er sich. »Mein Tod würde mich zu einem Märtyrer des Herrn machen. Als Flüchtling bin ich nur ein Feigling, der selbst nicht glaubt, was er sagt.«

Ja, genau das war die Strategie der Prinzessin.

Kurz vor Einbruch der Nacht ließ sich ein Rabe – derselbe? – auf dem Ast nieder, auf dem er ihn schon am Morgen gesehen hatte. In seinem Schnabel hielt er ein kleines Stück Fleisch, das er plötzlich fallen ließ.

Für Elia war es ein Wunder. Er lief zum Baum, griff sich das Stückchen und aß es. Er wußte nicht, woher es kam, und wollte es auch nicht wissen. Hauptsache, er konnte seinen Hunger ein wenig stillen.

Seine jähe Bewegung hatte den Vogel nicht verscheucht.

›Dieser Vogel weiß, daß ich hier Hungers sterben werde‹, dachte Elia. ›Er ernährt seine Beute, um später ein üppigeres Mahl zu haben.‹

Isebel gab mit Elias Flucht auch dem Glauben an Baal neue Nahrung.

Geraume Zeit beäugten der Mensch und der Vogel einander.

»Ich würde mich gern mit dir unterhalten, Rabe. Heute morgen dachte ich, daß die Seelen Nahrung brauchen. Wenn meine Seele noch nicht Hungers gestorben ist, dann nur, weil sie noch etwas zu sagen hat.«

Der Rabe regte sich noch immer nicht.

»Und wenn sie etwas zu sagen hat, dann muß ich ihr stumm zuhören, weil ich sonst niemanden habe, mit dem ich sprechen kann«, fuhr Elia fort.

Elia verwandelte sich in Gedanken in den Raben.

»Was erwartet Gott von dir«, fragte er sich, als wäre er der Rabe.

»Er erwartet von mir, daß ich Prophet bin.«

»Das haben die Priester gesagt. Doch vielleicht ist es überhaupt nicht das, was Gott will.«

»Doch, genau das will Er. Denn ein Engel ist in der Tischlerwerkstatt erschienen und hat mich gebeten, daß ich mit Ahab rede. Die Stimmen, die ich in meiner Jugend hörte...«

»...die alle Menschen in ihrer Jugend hören«, unterbrach ihn der Rabe.

»Doch nicht alle sehen einen Engel«, sagte Elia.

Darauf sagte der Rabe nichts. Nach einer Weile brach der Vogel das Schweigen – oder vielmehr Elias eigene Seele, die wegen der Sonne und der Einsamkeit der Wüste delirierte.

»Erinnerst du dich an die Frau, die Brot backte?« fragte er sich.

Elia erinnerte sich wohl. Sie war zu ihm gekommen, um ihn zu bitten, ein paar Tabletts zu machen. Während Elia tat, worum sie ihn gebeten hatte, hörte er, wie sie sagte, daß die Art, wie er seine Arbeit machte, irgendwie Gottes Gegenwart ausdrückte.

»Wenn ich sehe, wie du die Tabletts machst, ist mir klar, daß du es auch so siehst«, fuhr sie fort. »Denn du lächelst bei der Arbeit.«

Die Frau teilte die Menschen in zwei Gruppen. Die, die sich an dem freuten, was sie taten, und die, die sich darüber beklagten. Letztere bewiesen, daß für sie der Fluch Gottes über Adam die einzige Wahrheit war: »*Verflucht sei der Acker um deinetwillen! Mit Mühsal sollst du dich von ihm nähren dein Leben lang.*« Sie hatten keine Freude an der Arbeit, und langweilten sich an den heiligen Tagen, weil sie ausruhen mußten. Sie benutzten die Worte Gottes als eine Entschuldigung für ihr unnützes Leben und vergaßen, daß er zu Mose auch gesagt hatte: »*Der Herr, dein Gott segnet dich in deinem Lande, das Er dir als Erbe gibt, damit du es besitzest.*«

»Ja, ich erinnere mich an diese Frau. Sie hatte recht. Ich liebte meine Arbeit in der Tischlerwerkstatt. Jeder Tisch, den ich baute, jeder Stuhl, den ich mit Schnitzwerk versah, ließen mich das Leben verstehen und lieben – obwohl ich es erst jetzt begreife. Sie sagte, ich würde mit den Dingen sprechen, die ich herstellte, und mich wundern, wenn ich sehen würde, daß die Tische und die Stühle fähig waren zu antworten, weil ich in sie das Beste meiner Seele hineinlegte – und ich würde als Gegenleistung die Weisheit erlangen.«

»Hättest du nicht als Tischler gearbeitet, wärest du auch nicht fähig gewesen, deine Seele aus dir heraustreten zu lassen, dir vorzustellen, du seist ein sprechender Rabe, und zu begreifen, daß du besser und weiser bist, als du denkst«, war die Antwort. »Weil du im Tischlern das Heilige entdeckt hast, das überall ist.«

»Es hat mir schon immer gefallen, so zu tun, als spräche ich mit den Tischen und Stühlen, die ich baute. Ist das nicht ausreichend? Die Frau hatte recht, denn wenn ich mit ihnen sprach, kam ich auf Gedanken, die mir nie zuvor in den Sinn gekommen waren. Doch als ich begriff, daß ich Gott auf diese Weise dienen könnte, da erschien der Engel, und ich... nun ja – das Ende der Geschichte kennst du.«

»Der Engel ist erschienen, weil du für ihn bereit warst«, entgegnete der Rabe.

»Ich war ein guter Tischler.«

»Das war Teil deiner Lehrzeit. Wenn ein Mensch seinem Schicksal entgegengeht, muß er häufig die Richtung wechseln. Manchmal sind die äußeren Umstände stärker und er muß feige nachgeben. Das alles gehört mit zur Lehrzeit.«

Elia hörte seiner Seele aufmerksam zu.

»Doch niemand darf aus den Augen verlieren, was er wirklich will. Selbst wenn er manchmal glaubt, die Welt und die anderen seien stärker. Das Geheimnis ist, nicht aufzugeben.«

»Ich wollte nie ein Prophet sein«, sagte Elia.

»Das wolltest du schon, aber du warst überzeugt, es sei unmöglich oder gefährlich, undenkbar.«

»Warum sage ich mir Dinge, die ich nicht hören will?« rief Elia und erhob sich abrupt.

Erschrocken flog der Vogel davon.

Der Rabe kehrte am nächsten Morgen zurück. Anstatt das Gespräch wieder aufzunehmen, beobachtete ihn Elia, denn das Tier hatte immer etwas zu essen und ließ ihm immer irgendwelche Reste da.

Eine geheimnisvolle Freundschaft entwickelte sich zwischen ihnen, und Elia begann den Vogel zu beobachten und von ihm zu lernen. Wenn es diesem gelang, in der Wüste

Eßbares zu finden, dann würde er auch einige Tage überleben können. Wenn der Rabe seine Kreise zu fliegen begann, dann wußte er, daß Beute in der Nähe war, und lief hin und versuchte sie zu fangen. Anfangs entwischten ihm die kleinen Wüstentiere regelmäßig, doch mit der Zeit stellte er sich geschickter an, benutzte Zweige als Speere, grub Fallen, die er unter einer feinen Schicht Kiesel und Sand verbarg. Wenn die Beute dort hineinfiel, teilte Elia sie mit dem Raben und behielt ein Stückchen als Köder übrig.

Doch die Einsamkeit lastete auf ihm, und er nahm das ›Gespräch‹ mit dem Vogel wieder auf.

»Wer bist du?« fragte er den Vogel.

»Ich bin ein Mann, der Frieden gefunden hat«, antwortete Elia. »Ich kann in der Wüste leben, selbst für mich sorgen und die unendliche Schönheit von Gottes Schöpfung betrachten. Ich habe herausgefunden, daß ich eine Seele in mir habe, die besser ist, als ich dachte.«

Die beiden jagten noch mehr als einen Mond lang zusammen. Als eines Nachts seine Seele von Trauer erfüllt war, beschloß er erneut zu fragen:

»Wer bist du?«

»Ich weiß es nicht.«

Ein weiterer Mond starb und wurde am Himmel wiedergeboren. Elia fühlte, daß sein Körper jetzt stärker war, sein Geist klarer. In dieser Nacht wandte er sich an den Raben, der wieder auf seinem gewohnten Zweig saß. Und er wiederholte die Frage, die er vor einiger Zeit schon einmal gestellt hatte.

»Ich bin ein Prophet. Ich habe einen Engel gesehen, während ich arbeitete, und ich kann nicht an dem zweifeln, was ich zu tun in der Lage bin, selbst wenn die Menschen das Gegenteil behaupten. Ich habe ein Massaker in meinem Land hervorgerufen, weil ich die Geliebte meines Königs herausgefordert habe. Ich bin in der Wüste – wie ich vorher in einer Tischlerwerkstatt war –, weil meine Seele mir gesagt hat, daß ein Mensch verschiedene Etappen durchlaufen muß, bevor er sein Schicksal erfüllen kann.«

»Ja, jetzt weißt du, wer du bist«, meinte der Rabe.

Als Elia in jener Nacht von der Jagd zurückkam, wollte er ein wenig Wasser trinken. Und da sah er, daß der Bach Krith vertrocknet war. Doch er war so müde, daß er beschloß zu schlafen.

Im Traum erschien ihm sein Schutzengel, den er so lange nicht mehr gesehen hatte.

»Der Engel des Herrn hat mit deiner Seele gesprochen«, sagte der Schutzengel, »und er befahl dir: *Geh weg von hinnen und wende dich gegen Morgen und verbirg dich am Bach Krith, der gegen den Jordan fließt; und sollst vom Bach trinken; und ich habe den Raben geboten, daß sie dich daselbst sollen versorgen.*«

»Meine Seele hat es gehört«, sagte Elia im Traum.

»Dann wach auf, denn der Engel des Herrn bittet mich, daß ich mich entfernen möge, und will mit dir sprechen.«

Mit einem Satz sprang Elia auf. Was war geschehen?

Obwohl es Nacht war, erfüllte sich der Ort mit Licht, und der Engel des Herrn erschien.

»Was hat dich hierhergeführt?« fragte der Engel.

»Du hast mich hierhergeführt.«

»Nein. Isebel und ihre Soldaten sind der Grund für deine Flucht. Vergiß das nie, denn deine Mission ist es, Gott, deinen Herrn, zu rächen.«

»Ich bin ein Prophet, weil du vor mir stehst und ich deine Stimme höre«, sagte Elia. »Ich habe viele Male die Richtung meines Wegs geändert, weil alle Menschen dies tun. Doch ich bin bereit, nach Samaria zu gehen und Isebel zu zerstören.«

»Du hast deinen Weg gefunden, doch du kannst nichts zerstören, solange du nicht gelernt hast, etwas aufzubauen. Ich befehle dir: *Mach dich auf und gehe gen Zarpat, welches bei Sidon liegt, und bleibe daselbst; denn ich habe daselbst einer Witwe geboten, daß sie dich versorge.*«

Am nächsten Morgen suchte Elia den Raben, um sich von ihm zu verabschieden. Aber zum ersten Mal, seit Elia am Ufer des Baches Krith angekommen war, blieb der Vogel aus.

Elia war tagelang unterwegs, bis er in das Tal gelangte, in dem die Stadt Zarpat lag, die ihre Bewohner Akbar nannten. Als er am Ende seiner Kräfte angelangt war, sah er eine schwarz gekleidete Frau, die Brennholz sammelte. Es gab nur niedriges Buschwerk, und daher mußte sie sich mit kleinen trockenen Zweigen begnügen.

»Wer seid Ihr?« fragte er.

Die Frau blickte den Fremden an, ohne recht zu verstehen, was er sagte.

»Bringt mir einen Krug Wasser zum Trinken«, sagte Elia. »Und bringt mir auch ein Stückchen Brot.«

Die Frau legte das Brennholz ab, sagte aber nichts.

»Habt keine Angst«, beharrte Elia. »Ich bin allein, habe Hunger und Durst und keine Kraft mehr, um irgend jemanden zu bedrohen.«

»Ihr seid nicht von hier«, sagte sie schließlich. »Eurer Art zu sprechen nach müßt Ihr aus dem Reich Israel kommen. Wenn Ihr mich besser kenntet, wüßtet Ihr, daß ich nichts habe.«

»Ihr seid Witwe. Trotzdem habe ich noch weniger als Ihr. Wenn Ihr mir jetzt nichts zu trinken und zu essen gebt, werde ich sterben.«

»Ein Mann sollte sich schämen, eine Frau um Unterhalt zu bitten«, sagte sie, nachdem sie sich wieder gefaßt hatte.

»Tut, worum ich Euch gebeten habe«, beharrte Elia, der kurz davor war, ohnmächtig zu werden. »Sobald es mir besser geht, werde ich für Euch arbeiten.«

Die Frau lachte.

»Ihr habt mir gerade etwas Wahres gesagt: Ich bin Witwe, eine Frau, die ihren Mann auf einem der Schiffe ihres Landes verloren hat. Ich habe das Meer nie gesehen, doch ich weiß, daß es wie die Wüste ist: Es tötet den, der es herausfordert.«

Und sie fuhr fort: »Jetzt aber sagt Ihr mir etwas Falsches: So sicher wie Baal auf dem Fünften Berg lebt, so sicher ist, daß ich nichts Gekochtes habe; ich habe nur eine Handvoll Mehl in einem Topf und etwas Öl in einem Krug.«

Elia spürte, wie der Horizont die Richtung wechselte

und wie sich vor seinen Augen alles zu drehen begann. Da flehte er mit letzter Kraft:

»Ich weiß nicht, ob Ihr an Träume glaubt, ja ich weiß nicht einmal, ob ich selbst daran glaube. Und doch hat mir der Herr gesagt, daß ich hierherkommen und Euch antreffen würde. Er hat mit mir schon Dinge getan, die mich an Seiner Weisheit haben zweifeln lassen, jedoch nie an Seiner Existenz. Und der Gott Israels hat mich gebeten, der Frau, der ich in Zarpat begegnen sollte, zu sagen: *Das Mehl im Rad soll nicht verzehrt werden, und dem Ölkrug soll nichts mangeln bis auf den Tag, da der Herr regnen lassen wird auf Erden.*«

Bevor er ihr noch erklären konnte, wie so ein Wunder geschehen sollte, wurde Elia ohnmächtig.

Die Frau blickte auf den Mann, der zu ihren Füßen zusammengebrochen war. Sie wußte, daß der Gott Israels nur ein Aberglaube war. Die phönizischen Götter waren mächtiger, hatten ihr Land zu einem der geachtetsten der Welt gemacht. Doch sie war froh, denn für gewöhnlich war sie es, die um Almosen bettelte, und heute geschah es zum ersten Mal seit langem, daß ein Mann sie brauchte. Das vermittelte ihr das Gefühl, stark zu sein. Es gab also Menschen, denen es schlechter ging als ihr.

›Wenn mich jemand um einen Gefallen bittet, dann zeigt das, daß ich auf Erden noch etwas wert bin‹, dachte sie. ›Ich werde tun, worum er mich gebeten hat, nur um sein Leiden zu lindern. Auch ich weiß, was Hunger heißt und wie er die Seele zerstört.‹

Sie ging ins Haus und kam mit einem Stück Brot und einem Krug Wasser zurück. Sie kniete nieder, bettete den

Kopf des Fremden in ihren Schoß und begann seine Lippen zu benetzen. Wenige Minuten darauf hatte er das Bewußtsein wiedererlangt.

Sie streckte ihm das Brot hin, und Elia aß wortlos, blickte auf das Tal, die Schluchten und die Berge, die schweigend zum Himmel wiesen. Er konnte das ganze Tal überblicken und sah die roten Mauern der Stadt Akbar.

»Gebt mir Herberge bei Euch, denn ich werde in meinem Land verfolgt«, sagte Elia.

»Was für ein Verbrechen habt Ihr begangen?« fragte sie.

»Ich bin ein Prophet des Herrn. Isebel ließ alle töten, die sich weigerten, ihre phönizischen Götter anzubeten.«

»Wie alt seid Ihr?«

»Dreiundzwanzig«, antwortete Elia.

Sie blickte den jungen Mann vor sich voller Mitleid an. Er hatte langes, schmutziges Haar; er trug einen noch spärlichen Bart, als wollte er älter aussehen, als er tatsächlich war. Wie wollte ein armseliger Mann wie er die mächtigste Prinzessin der Welt herausfordern?

»Wenn Ihr Isebels Feind seid, seid Ihr auch mein Feind. Sie ist eine Prinzessin aus Sidon, die es sich bei ihrer Heirat mit Eurem König zum Ziel gesetzt hat, Euer Volk zum wahren Glauben zu bekehren. So sagen jedenfalls die, die sie kennengelernt haben.«

Sie wies auf den Gipfel eines der Berge, die das Tal umschlossen.

»Unsere Götter wohnen seit vielen Generationen dort oben auf dem Fünften Berg, und durch sie haben wir Frieden in unserem Land. Israel hingegen lebt im Krieg und im Leid. Wie könnt Ihr da weiter an den Einzigen Gott glauben? Laßt Isebel etwas Zeit, und Ihr werdet sehen, daß auch in Euren Städten Frieden herrschen wird.«

»Ich habe die Stimme des Herrn vernommen«, entgegnete Elia. »Ihr Phönizier seid jedoch nie auf den Fünften Berg gestiegen, um Euch dort oben umzusehen.«

»Wer auf diesen Berg steigt, den verbrennen die himmlischen Feuer. Die Götter mögen keine Fremden.«

Sie hielt inne. Sie erinnerte sich, daß sie in jener Nacht im Traum ein sehr helles Licht gesehen hatte. Mitten aus diesem Licht aber war eine Stimme gekommen, die gesagt hatte: »Nimm den Fremden auf, der dich aufsuchen wird.«

»Beherbergt mich bei Euch, denn ich habe keinen Ort, an dem ich schlafen kann«, beharrte Elia.

»Ich habe Euch bereits gesagt, daß ich arm bin. Es reicht kaum für mich und meinen Sohn.«

»Der Herr hat Euch gebeten, mich bei Euch aufzunehmen. Er verläßt den nie, der ihn liebt. Tut, um was ich Euch bitte. Ich werde für Euch arbeiten. Ich bin Tischler, ich kann mit Zedernholz arbeiten, und es wird mir an Arbeit nicht mangeln. So wird der Herr meine Hände benutzen, um Sein Versprechen zu halten: *Das Mehl im Rad soll nicht verzehrt werden, und dem Ölkrug soll nichts mangeln bis auf den Tag, da der Herr regnen lassen wird auf Erden.*«

»Selbst wenn ich es wollte, so könnte ich Euch nicht bezahlen.«

»Das braucht Ihr nicht. Der Herr wird es richten.«

Von ihrem Traum in jener Nacht verwirrt, beschloß die Frau zu gehorchen, obwohl der Fremde ein Feind der Prinzessin von Sidon war.

Elias Anwesenheit wurde sogleich von den Nachbarn bemerkt. Sie nahmen es der Witwe übel, daß sie einen Fremden in ihr Haus aufgenommen hatte und so das Andenken an ihren Mann schändete, der die Handelsrouten seines Landes zu erweitern versuchte und dabei einen heldenhaften Tod gefunden hatte.

Als ihr die üblen Nachreden zu Ohren kamen, verwahrte sich die Witwe dagegen und erklärte, daß es sich bei dem Mann um einen Propheten aus Israel handelte, der fast verhungert und verdurstet wäre. Und bald machte die Nachricht in der Stadt die Runde, daß ein israelitischer Prophet, der vor Isebel geflohen war, sich in Akbar aufhielt. Eine Abordnung der Nachbarn begab sich zum Priester.

»Bringt mir diesen Fremden«, befahl er.

Und so geschah es. An jenem Nachmittag wurde Elia vor den Mann geführt, der zusammen mit dem Stadthauptmann und dem Kommandanten alles kontrollierte, was in Akbar geschah.

»Was macht Ihr hier?« fragte er. »Wißt Ihr nicht, daß Ihr ein Feind unseres Landes seid?«

»Ich habe jahrelang Handel mit dem Libanon getrieben und respektiere Euer Volk und seine Bräuche. Ich bin hier, weil ich in Israel verfolgt werde.«

»Ich kenne den Grund«, sagte der Priester. »Hat eine Frau Euch zum Flüchtling gemacht?«

»Diese Frau war das schönste Wesen, das ich je in meinem Leben gesehen habe. Doch ihr Herz ist aus Stein, und hinter ihren grünen Augen verbirgt sich der Feind, der mein Land zerstören will. Ich bin nicht geflohen, ich warte nur auf den richtigen Augenblick zur Rückkehr.«

Der Priester lachte.

»Wenn Ihr auf den rechten Augenblick für Eure Rückkehr wartet, dann richtet Euch darauf ein, bis an Euer Lebensende hier in Akbar zu bleiben. Wir führen keinen Krieg gegen Euer Land. Wir wollen nur, daß sich der wahre Glaube in der ganzen Welt ausbreitet – mit friedlichen Mitteln. Wir wollen nicht die Grausamkeiten wiederholen, die Euer Volk begangen hat, als es sich in Kanaan niederließ.«

»Ist es ein friedliches Mittel, Propheten umzubringen?«

»Man tötet das Ungeheuer, indem man ihm den Kopf abschlägt. Einige mögen dabei sterben, doch nur so lassen sich Religionskriege auf Dauer verhindern. Und wie ich von den Kaufleuten gehört habe, war es ein Prophet namens Elia, der das alles angezettelt hat und dann geflohen ist.«

Der Priester starrte ihn an, bevor er fortfuhr:

»Ein Mann, der Euch ähnlich sieht.«

»Ich bin es«, sagte Elia.

»Großartig. Willkommen in Akbar: Wenn wir etwas von Isebel brauchen, bezahlen wir mit Eurem Kopf – eine bessere Währung gibt es nicht. Bis dahin sucht Euch eine Arbeit und lernt, Euch selbst zu ernähren, denn hier haben wir keinen Platz für Propheten.«

Elia wollte gerade hinausgehen, da sagte der Priester:

»Es scheint so, als wäre eine junge Frau aus Sidon mächtiger als Euer Einziger Gott. Sie hat Baal einen Altar errichtet, und nun knien die ehemaligen Priester vor *ihm*.«

»Alles wird geschehen, wie es der Herr gesagt hat«, entgegnete der Prophet. »Es gibt Augenblicke, in denen in unserem Leben Widrigkeiten auftauchen, die wir nicht verhindern können. Doch alles hat seinen Grund.«

»Und welchen?«

»Das ist eine Frage, die wir erst beantworten können, wenn wir die Schwierigkeiten überwunden haben, weder vorher noch mittendrin. Erst nachträglich begreifen wir, warum es sie gegeben hat.«

Sobald Elia hinausgegangen war, rief der Priester die Bürgerabgeordneten zusammen, die ihn an jenem Morgen aufgesucht hatten.

»Macht euch seinetwegen keine Sorgen«, sagte der Priester. »Die Tradition will, daß wir die Fremden bei uns aufnehmen. Außerdem haben wir ihn hier unter Kontrolle und sehen, was er im Schilde führt. Die beste Art, einen Feind kennenzulernen und zu zerstören, ist, so zu tun, als sei man sein Freund. Wenn der rechte Augenblick gekommen ist, wird er Isebel übergeben, und unsere Stadt erhält Gold und andere Belohnungen. Bis dahin werden wir gelernt haben, seine Ideen zu zerstören. Bis jetzt wissen wir nur, wie wir seinen Körper zerstören können.«

Obwohl Elia den Einzigen Gott anbetete und ein Feind der Prinzessin war, verlangte der Priester, daß ihm das Recht auf Asyl gewährt werde. Alle kannten die alte Tradition: Wenn eine Stadt einem Reisenden Herberge verweigerte, kam dasselbe Los über die Kinder ihrer Bewohner. Da ein großer Teil der Kinder von Akbar mit der riesigen Handelsflotte auf der ganzen Welt verstreut war, wagte niemand das Gesetz der Gastfreundschaft zu brechen.

Zudem kostete es nichts, auf den Tag zu warten, an dem

der Kopf des jüdischen Propheten gegen große Mengen Goldes ausgetauscht werden würde.

Am Abend speiste Elia mit der Witwe und deren Sohn. Als israelitischer Prophet war er jetzt ein wertvolles Handelsobjekt für die Zukunft, und einige Kaufleute schickten ausreichend Nahrungsmittel, damit sich die Familie eine Woche lang davon ernähren konnte.

»Es scheint, als hielte der Gott Israels Wort«, sagte die Witwe. »Seit mein Mann gestorben ist, war mein Tisch noch nie so reich gedeckt wie heute.«

Elia lebte sich bald in Akbar ein. Wie die anderen Bewohner der Stadt nannte auch er sie Akbar. Er lernte den Stadthauptmann kennen, den Kommandanten der Garnison, den Priester, die Glasbläsermeister, deren Waren im weiten Umkreis bewundert wurden. Wenn sie ihn fragten, was er denn in der Stadt mache, sagte er die Wahrheit: Er sei vor Isebel geflohen.

»Ihr seid ein Verräter Eures Landes und ein Feind Phöniziens«, sagten sie. »Doch wir sind ein Volk von Kaufleuten und wissen, daß der Kopfpreis auf einen Mann um so höher ist, je gefährlicher er ist.«

So gingen die Monate ins Land.

Am Eingang des Tales kampierten einige assyrische Patrouillen, und es sah so aus, als wollten sie bleiben. Diese Handvoll Soldaten bedeutete keine Bedrohung. Trotzdem bat der Kommandant den Stadthauptmann, Vorkehrungen zu treffen.

»Sie haben uns nichts getan«, entgegnete der Stadthauptmann. »Bestimmt sind sie in einer Handelsmission hier und kundschaften eine bessere Route für ihre Waren aus. Wenn sie beschließen, unsere Straßen zu benutzen, werden sie Wegzoll zahlen müssen – und wir werden damit noch reicher. Warum sie also provozieren?«

Die Lage spitzte sich zu, als unvermutet der Sohn der Witwe erkrankte. Die Nachbarn gaben dem Fremden in ihrem Haus die Schuld, und die Frau bat Elia zu gehen. Doch er ging nicht. Der Herr hatte ihn noch nicht gerufen. Daraufhin verbreitete sich das Gerücht, der Fremde habe den Zorn der Götter des Fünften Berges auf sich gezogen.

Das Heer war unter Kontrolle, und der Stadthauptmann konnte das Volk wegen der fremden Patrouillen beruhigen. Doch als der Sohn der Witwe erkrankte, ließ sich der Volkszorn auf den Fremden immer weniger in Schach halten.

Schon wurde eine Abordnung der Bürger bei ihm vorstellig.

»Wir könnten für den Israeliten ein Haus außerhalb der Mauern bauen«, sagten sie. »So würden wir das Gesetz der Gastfreundschaft nicht brechen *und* dem Zorn der Götter entgehen. Den Göttern gefällt die Anwesenheit dieses Mannes nicht.«

»Laßt ihn dort, wo er ist«, antwortete der Stadthauptmann. »Ich möchte keine politischen Probleme mit Israel heraufbeschwören.«

»Wieso?« fragten die Bewohner. »Isebel verfolgt alle Propheten des Einzigen Gottes und will sie töten.«

»Unsere Prinzessin ist eine mutige Frau und sie ist den Göttern des Fünften Berges treu. Doch sie mag heute so viel Macht haben, wie sie will, sie ist keine Israelitin und kann morgen schon in Ungnade fallen. Und dann gnade uns vor dem Zorn unserer Nachbarn! Wenn wir zeigen, daß wir einen ihrer Propheten gut behandeln, werden sie nachsichtig zu uns sein.«

Mißmutig ging die Bürgerdelegation von dannen. Es paßte ihnen nicht, daß der Priester gesagt hatte, Elia würde dereinst gegen Gold und Belohnungen ausgetauscht. Doch selbst wenn der Stadthauptmann im Unrecht war, mußten sie sich fügen, denn die Tradition verlangte von ihnen, daß sie die Meinung des Stadthauptmanns respektierten.

Am Taleingang wurden die Zelte der assyrischen Krieger immer zahlreicher.

Der Kommandant beobachtete es mit Sorge. Er versuchte, seine Krieger durch ständige Manöver zu schulen; wie schon ihre Vorfahren hatten sie alle keinerlei Kampferfahrung. Kriege gehörten in Akbar der fernen Vergangenheit an. Alle Strategien, die er gelernt hatte, waren hoffnungslos veraltet, und die anderen Länder benutzten längst modernere Methoden und Waffen.

»Akbar hat immer seinen Frieden ausgehandelt«, sagte der Stadthauptmann. »Es wäre nicht das erste Mal, daß wir erobert werden. Laß die fremden Länder einander bekriegen: Wir haben eine viel mächtigere Waffe als sie – Geld. Wenn sie einander endgültig niedergemacht haben, gehen wir in ihre Städte und verkaufen ihnen unsere Waren.«

Dem Stadthauptmann gelang es, den Bürgern die Angst vor den Assyrern auszureden. Doch Gerüchte grassierten, wonach der Israelit den Fluch der Götter über Akbar gebracht hätte. Elia wurde zu einem immer größeren Problem.

Eines Nachmittags ging es dem Jungen plötzlich schlechter. Er konnte sich nicht mehr auf den Beinen halten und erkannte die Besucher nicht mehr. Bevor die Sonne am Horizont versank, knieten Elia und die Frau neben dem Kind nieder.

»Allmächtiger Gott, der Du die Pfeile des Soldaten von mir abgewendet und mich hierhergeführt hast, rette dieses Kind. Es ist unschuldig, es kann nichts für meine und meiner Väter Sünden – rette es, Herr.«

Der Junge bewegte sich kaum noch. Seine Lippen waren aschfahl, seine Augen blickten stumpf.

»Betet zu Eurem Einzigen Gott«, bat die Frau. »Denn nur eine Mutter weiß, wann die Seele ihres Kindes dahingeht.«

Elia hätte gern ihre Hand ergriffen und ihr gesagt, daß sie nicht allein sei und Gott der Allmächtige ihr helfen würde. Er war ein Prophet, hatte dies am Ufer des Baches Krith auf sich genommen, und nun waren die Engel an seiner Seite.

»Ich habe keine Tränen mehr«, fuhr sie fort. »Wenn Er kein Erbarmen hat, wenn Er ein Leben will, dann bittet Ihn, meines zu nehmen und meinen Sohn weiter im Tal und durch die Straßen von Akbar gehen zu lassen.«

Elia tat alles, um sich auf sein Gebet zu konzentrieren, doch das Leid dieser Mutter war so groß, daß es gleichsam das ganze Zimmer füllte, in die Wände, die Türen, in alles eindrang.

Er berührte den Körper des Jungen. Das Fieber war nicht mehr so hoch wie an den beiden vorangegangenen Tagen – ein schlechtes Zeichen.

Der Priester war am Vormittag vorbeigekommen, um Kräuterumschläge auf das Gesicht und auf die Brust des Jungen zu legen. Die Frauen von Akbar hatten althergebrachte Rezepturen für Heilmittel mitgebracht, die im Laufe der Zeit schon oft ihre Heilkraft unter Beweis gestellt hatten. Jeden Nachmittag hatten sie sich am Fuße des Fünften Berges versammelt und geopfert, auf daß die Seele des Jungen seinen Körper nicht verlasse.

Ein ägyptischer Kaufmann auf Durchreise war von alledem so angerührt, daß er der Witwe ein kostbares rotes Pulver schenkte, das unter das Essen des Jungen gemischt werden sollte. Die Legende besagte, daß die Rezeptur dieser Arznei den ägyptischen Ärzten direkt von den Göttern eingegeben worden sei.

Inzwischen hatte Elia unablässig gebetet.

Doch es hatte nichts genützt – gar nichts.

»Ich weiß, warum sie Euch erlauben, hierzubleiben«, sagte die Frau, deren Stimme nur mehr ein Flüstern war, weil sie nächtelang nicht geschlafen hatte. »Ich weiß, daß auf Euren Kopf ein Preis gesetzt wurde, daß sie Euch eines Tages nach Israel schicken werden und daß Ihr dann gegen Gold eingetauscht werdet. Wenn Ihr meinen Sohn rettet, schwöre ich bei Baal und den Göttern des Fünften Berges, daß Ihr niemals gefangen werdet. Ich kenne längst vergessene Fluchtwege, und ich zeige Euch, wie Ihr Akbar unbemerkt verlassen könnt.«

Elia schwieg.

»Betet zu Eurem Einzigen Gott«, bat die Frau wieder.

»Ich schwöre, Baal zu entsagen und an Ihn zu glauben, wenn Er meinen Sohn rettet. Erklärt Eurem Herrn, daß ich Euch beherbergt habe, als Ihr in Not wart, und daß ich getan habe, wie Er befohlen hat.«

Elia betete abermals und flehte mit all seiner Kraft. In genau diesem Augenblick regte sich der Junge.

»Ich will hier raus«, sagte der Junge mit schwacher Stimme.

Die Augen der Mutter leuchteten vor Freude, und sie weinte.

»Komm, mein Sohn. Laß uns hingehen, wohin du willst, tu, was du gerne möchtest.«

Elia wollte ihn auf den Arm nehmen, doch der Junge wies seine Hand zurück.

»Ich möchte allein hinausgehen«, sagte er.

Er stand langsam auf und begann zum Wohnzimmer zu gehen. Doch nach wenigen Schritten fiel er wie vom Blitz getroffen zu Boden.

Elia und die Witwe eilten zu ihm. Der Junge war tot.

Eine Weile blieben beide still. Dann fing die Frau an laut zu schreien.

»Verflucht seien die Götter, verflucht seien die, die die Seele meines Sohnes genommen haben! Verflucht sei der Mann, der das Unheil über mein Haus gebracht hat. Weil ich den Willen des Himmels befolgte und einen Fremden großzügig aufnahm, mußte mein Sohn sterben!«

Die Nachbarn hörten die Klagen der Witwe und sahen ihren Sohn auf dem Boden des Hauses liegen. Die Frau wehklagte weiter, schlug den israelitischen Propheten, der neben ihr stand, mit den Fäusten. Er aber reagierte nicht und wehrte sich nicht. Während die Frauen versuchten, die Witwe zu beruhigen, packten die Männer Elia und schleppten ihn vor den Stadthauptmann.

»Dieser Mann hat Großzügigkeit mit Haß vergolten. Er hat einen bösen Zauber auf das Haus der Witwe gelegt, und ihr Sohn ist gestorben. Wir beherbergen jemanden, der von den Göttern verflucht ist.«

Elia weinte. »Herr, mein Gott«, haderte er, »willst Du selbst meiner Gastgeberin so böse, daß Du ihren Sohn tötest? Du hast ihren Sohn getötet, weil ich die Mission, die mir aufgetragen wurde, nicht erfüllt habe und den Tod verdiene.«

Am selben Abend noch versammelte sich der Stadtrat von Akbar unter dem Vorsitz des Priesters und des Stadthauptmanns. Elia wurde vor das Gericht geführt.

»Ihr habt Liebe mit Haß vergolten. Deshalb verurteile ich Euch zum Tode«, sagte der Stadthauptmann.

»Auch wenn sein Kopf einen Sack Gold wert ist, dürfen wir den Zorn der Götter des Fünften Berges nicht erwekken«, sagte der Priester. »Denn sonst kann kein Gott der Welt dieser Stadt den Frieden wiedergeben.«

Elia senkte das Haupt. Er verdiente das viele Leid, ertrug es, denn der Herr hatte ihn verlassen.

»Ihr werdet auf den Fünften Berg steigen«, sagte der Priester. »Dort werdet Ihr die erzürnten Götter um Vergebung bitten. Sie werden das Feuer des Himmels auf Euch herabsenden und Euch töten. Tun sie es nicht, so ist es ihr Wille, daß die Gerechtigkeit durch uns wiederhergestellt werde. Wir werden am Fuß des Berges auf Euch warten und Euch morgen hinrichten.«

Elia kannte die rituellen Hinrichtungen sehr wohl: Dem Verurteilten wurde das Herz aus dem Leib gerissen und der Kopf abgeschlagen. Nach phönizischem Glauben kam ein Mensch ohne Herz nicht ins Paradies.

»Warum hast Du mich hierzu auserwählt, Herr?« rief Elia laut, weil die Menschen um ihn herum nicht verstehen konnten, wofür Gott ihn bestimmt hatte. »Siehst Du denn nicht, daß ich unfähig bin zu erfüllen, was Du verlangt hast.«

Doch er erhielt keine Antwort.

Die Männer und Frauen von Akbar zogen hinter der Gruppe der Wachsoldaten her, die den Israeliten zum Fünften Berg brachten. Sie beschimpften ihn laut und bewarfen ihn mit Steinen. Die Soldaten konnten die zornige Menge nur mit Mühe in Schach halten. Nach einer halben Stunde Fußmarsch gelangten sie an den Fuß des Berges.

Die Gruppe blieb vor den steinernen Altären stehen, wo sonst die Opfergaben dargebracht und die Gebete gesprochen wurden. Alle wußten von den legendären Riesen, die an diesem Ort lebten und die alle, die gegen das Gesetz verstoßen hatten, mit dem Feuer des Himmels bestraften. Reisende, die nachts durch das Tal kamen, wollten das Gelächter der Götter und Göttinnen gehört haben, und darum wagte keiner, den Göttern zu trotzen.

»Los jetzt«, sagte ein Soldat und schubste Elia mit der Spitze seiner Lanze an. »Wer ein Kind tötet, verdient die schlimmste aller Strafen.«

Elia betrat das verbotene Gelände und begann den Hang hinaufzusteigen. Nachdem er eine Weile gewandert war, konnte er das Geschrei der Leute von Akbar nicht mehr hören. Er setzte sich auf einen Stein und weinte: Seit jenem Nachmittag in der Tischlerwerkstatt, als er die von glänzenden Lichtpunkten durchflirrte Dunkelheit sah, hatte er nur Unglück über andere gebracht.

Der Herr hatte seine Fürsprecher in Israel verloren, und die phönizischen Götter hatten sich durchgesetzt. In seiner ersten Nacht am Bach Krith hatte Elia gedacht, Gott habe auch ihn, wie viele Propheten vor ihm, dazu auserwählt, ein Märtyrer zu werden.

Aber der Herr hatte einen Raben – einen weissagenden Vogel – geschickt, der Elia ernährte, bis der Bach Krith ausgetrocknet war. Warum Raben und keine Taube oder einen Engel? Oder war dies alles am Ende nur eine Wahnvorstellung von jemandem, der zu lange in der Sonne gewesen war oder sich seine Angst nicht eingestehen wollte? Elia besaß jetzt keine Gewißheiten mehr: Vielleicht hatte das Böse sein Werkzeug gefunden – und er war dieses Werkzeug. Warum hatte ihn Gott nach Akbar geschickt anstatt zurück nach Israel, um der Prinzessin ein Ende zu bereiten, die seinem Volk so viel Leid zufügte.

Er hatte gehorcht, obschon er sich dabei feige vorgekommen war. Er hatte gekämpft, um sich an dieses fremde freundliche Volk und seine vollkommen andere Kultur anzupassen. Gerade als er meinte, sein Schicksal erfüllt zu haben, war der Sohn der Witwe gestorben.

»Warum ich?«

Er erhob sich, wanderte weiter, bis er in den Nebel kam, der den Gipfel des Berges bedeckte. Er könnte die schlechte Sicht ausnutzen und seinen Verfolgern entwischen, doch wozu? Er war es leid zu fliehen, er wußte, daß er nirgends in der Welt heimisch werden würde. Selbst wenn ihm die Flucht jetzt gelänge, den Fluch würde er dadurch nicht los, er würde ihn begleiten, und in anderen Städten würde es andere Tragödien geben. Er würde den Schatten dieser Toten mit sich tragen, wohin er auch ginge. Es war besser, daß man ihm das Herz aus dem Leibe riß, seinen Kopf abschlug.

Er setzte sich abermals nieder, diesmal mitten im Nebel. Er hatte beschlossen, etwas zu warten, damit die Leute unten dachten, daß er bis zum Gipfel des Berges hinaufgestiegen sei. Anschließend würde er nach Akbar zurückkehren und sich seinen Häschern stellen.

»Das Feuer des Himmels.« Vielen Menschen hatte es

schon den Tod gebracht, obwohl Elia bezweifelte, daß es vom Herrn geschickt war. In mondlosen Nächten irrlichterte es am Firmament, blitzte auf und verschwand plötzlich wieder. Vielleicht verbrannte es. Vielleicht tötete es sofort, schmerzlos.

Die Nacht brach herein, und der Nebel hob sich. Er konnte ins Tal hinunter sehen, zu den Lichtern von Akbar und den assyrischen Lagerfeuern; er hörte Hundegebell und die Kriegsgesänge der Soldaten.

»Ich bin bereit«, sagte er zu sich selbst. »Ich habe akzeptiert, ein Prophet zu sein, und habe mein Bestes gegeben… Doch ich habe versagt, und jetzt braucht Gott einen anderen.«

In diesem Augenblick kam ein Licht auf ihn hernieder.

»Das Feuer des Himmels!«

Das Licht blieb jedoch vor ihm stehen. Und eine Stimme sprach:

»Ich bin ein Engel des Herrn.«

Elia kniete nieder und berührte mit dem Gesicht die Erde.

»Ich habe Euch schon mehrfach gesehen und habe dem Engel des Herrn gehorcht«, antwortete Elia, ohne den Kopf zu heben. »Ihr laßt mich Unheil säen, wohin ich komme.«

Doch der Engel fuhr fort:

»Wenn du in die Stadt zurückkehrst, bitte dreimal, daß der Junge wieder lebendig wird. Beim dritten Mal wird der Herr dich erhören.«

»Warum soll ich das tun?«

»Um der Größe Gottes willen.«

»Auch wenn ich dieses tun würde, so habe ich doch schon an mir selbst gezweifelt. Ich bin meiner Aufgabe nicht würdig«, entgegnete Elia.

»Jeder Mensch hat das Recht, an seiner Aufgabe zu zweifeln und sie hin und wieder aufzugeben; was er allerdings nicht tun darf, ist, sie zu vergessen. Wer nicht an sich selbst zweifelt, ist unwürdig, weil er seiner Fähigkeit blind vertraut und sich aus Stolz versündigt. Gesegnet sei der, der Augenblicke der Unentschlossenheit durchlebt.«

»Ihr seht doch selbst, daß ich mir eben noch nicht einmal sicher war, ob Ihr ein Gesandter Gottes seid.«

»Geh und tu, was ich dir sage.«

Eine geraume Weile verstrich, bis Elia den Berg wieder hinabstieg. Die Wachsoldaten warteten bei den Opferaltären auf ihn, die Menschenmenge aber war nach Akbar zurückgekehrt.

»Ich bin bereit zu sterben«, sagte er. »Ich habe die Götter des Fünften Berges um Vergebung gebeten, und sie verlangen nun von mir, daß ich, bevor meine Seele den Körper verläßt, bei der Witwe, die mich aufgenommen hat, vorbeigehe und sie darum bitte, Erbarmen mit meiner Seele zu haben.«

Die Soldaten führten ihn zurück und begaben sich zum Priester. Dort gaben sie die Bitte des Israeliten weiter.

»Ich werde tun, worum Ihr gebeten habt«, sagte der Priester zum Gefangenen. »Ihr habt die Götter um Vergebung gebeten, nun müßt Ihr auch die Witwe um Vergebung bitten. Damit Ihr nicht auf die Idee kommt zu fliehen, lasse ich Euch von vier bewaffneten Soldaten begleiten. Doch glaubt nur ja nicht, daß Ihr die Witwe dazu bringen könnt, um Gnade für Euer Leben zu bitten. Im Morgengrauen werden wir Euch mitten auf dem Platz hinrichten.«

Der Priester wollte noch wissen, was er dort oben gesehen habe. Doch in Gegenwart der Soldaten traute er sich nicht zu fragen, aus Angst, daß die Antwort ihn vielleicht in Verlegenheit bringen könnte. Daher schwieg er. Elia öffentlich um Vergebung bitten zu lassen, schien ihm eine gute Idee. So würde niemand mehr an der Macht der Götter des Fünften Berges zu zweifeln wagen.

Elia und die Soldaten bogen in die ärmliche Gasse ein, in der er einige Monate lang gelebt hatte. Türen und Fenster des Hauses der Witwe standen offen, damit – wie es der Brauch wollte – die Seele ihres Sohnes hinausgelangen konnte, um bei den Göttern zu wohnen. Der Leichnam lag mitten im kleinen Wohnraum, und um ihn herum kauerten die Nachbarn und hielten Totenwache.

Sie erschraken, als sie den Israeliten sahen.

»Werft ihn hinaus!« schrien sie voller Entsetzen den Soldaten zu. »Hat er denn nicht schon genug Unheil über uns gebracht? Er ist so verdorben, daß sogar die Götter des Fünften Berges ihre Hände nicht mit seinem Blut beflecken wollen!«

»Überlaßt ihn uns«, schrie ein anderer. »Wir werden ihn jetzt töten und nicht die rituelle Hinrichtung abwarten.«

Elia wurde gestoßen und geschlagen, doch er entwand sich und lief zur Witwe, die in einem Winkel saß und weinte.

»Ich kann ihn von den Toten zurückholen. Gebt mir Euren Sohn«, sagte er. »Nur für einen Augenblick.«

Die Witwe hob nicht einmal den Kopf.

»Bitte, bitte. Und wenn es das letzte ist, was Ihr in diesem Leben für mich tut. Gebt mir eine Chance, Eure Großzügigkeit zu entlohnen.«

Einige Männer packten ihn, um ihn abzuführen. Doch Elia entwand sich erneut und bettelte und flehte, daß die Witwe ihn das tote Kind berühren lasse.

Doch sein ganzer jugendlicher Kampfesmut half nichts, und schließlich wurde er zur Haustür gedrängt. »Engel des Herrn, wo bist du?« rief er zum Himmel.

Da plötzlich hielten alle inne. Die Witwe hatte sich erhoben und kam auf ihn zu. Sie nahm ihn bei der Hand, führte ihn zum Leichnam des Sohnes und zog das Tuch weg, das ihn bedeckte.

»Hier liegt das Blut meines Blutes«, sagte sie. »Möge es auf das Haupt Eurer Verwandten herabkommen, wenn Euch nicht gelingt, was Ihr zu tun wünscht.«

Elia trat an die Leiche heran und berührte sie.

»Wartet«, sagte die Witwe. »Zuvor bittet Euren Gott, daß sich mein Fluch erfüllen möge.«

Elia klopfte das Herz bis zum Hals. Doch er glaubte an die Worte des Engels.

»Möge das Blut dieses Knaben auf meine Eltern und Geschwister und auf die Söhne und Töchter meiner Geschwister herabkommen, wenn mir nicht gelingt, was ich versprach.«

Und obwohl er voller Zweifel, voller Schuld und Angst war, nahm er ihn und ging hinauf ins Obergemach, wo er wohnte, und legte ihn auf sein Bett und rief den Herrn an und sprach: »Herr, mein Gott, tust Du sogar der Witwe, bei der ich ein Gast bin, so Böses an, daß Du ihren Sohn tötest?« Und er legte sich dreimal auf das Kind und rief den Herrn an und sprach: »Herr mein Gott, laß sein Leben in dies Kind zurückkehren.«

Einige Augenblicke lang geschah nichts. Elia sah sich wieder in Gilead vor dem Soldaten mit dem Bogen stehen, der auf sein Herz zielte, und wußte, daß das Schicksal eines Menschen häufig nichts mit dem zu tun hat, woran er glaubt oder wovor er sich fürchtet. Er fühlte sich ruhig und zuversichtlich wie an jenem Nachmittag, weil er wußte, daß es ungeachtet des Ergebnisses einen Grund dafür gab, daß dies alles geschah. Auf dem Gipfel des Fünften Berges hatte der Engel diesen Grund »die Größe Gottes« genannt; er hoffte, daß er eines Tages begreifen würde, warum der Schöpfer seine Geschöpfe brauchte, um diese Größe zu zeigen.

Da öffnete der Junge die Augen.

»Wo ist meine Mutter?« fragte er.

»Sie wartet unten auf dich«, antwortete Elia lächelnd.

»Ich hatte einen merkwürdigen Traum. Ich eilte durch ein schwarzes Loch, schneller als das schnellste Rennpferd von Akbar. Ich sah einen Mann und wußte, daß es mein Vater war, obwohl ich ihn nie kennengelernt habe. Dann kam ich an einen wunderschönen Ort, an dem ich gern geblieben wäre. Doch ein anderer Mann, den ich nicht kenne, der aber aussah wie ein guter und tapferer Mann, bat mich leise zurückzukehren. Ich wollte weiter, doch Ihr habt mich aufgeweckt.«

Der Junge wirkte traurig. Der Ort, den er gesehen hatte, mußte sehr schön gewesen sein.

»Laßt mich nicht allein, denn Ihr habt mich von einem Ort zurückgeholt, an dem ich mich beschützt fühlte.«

»Laß uns hinuntergehen«, sagte Elia. »Deine Mutter möchte dich sehen.«

Der Junge versuchte aufzustehen, doch er war zu schwach, um zu gehen. Da nahm ihn Elia auf den Arm und stieg hinunter.

Die Leute unten im Wohnraum erstarrten vor Schreck.

»Warum sind all diese Leute hier?« fragte der Junge.

Noch bevor Elia antworten konnte, nahm die Witwe ihren Sohn in den Arm und küßte ihn unter Tränen.

»Was haben die mit dir gemacht, Mutter? Warum bist du traurig?«

»Ich bin nicht traurig, mein Sohn«, antwortete sie und wischte sich die Augen. »Ich war in meinem Leben noch nie so glücklich.«

Und dann warf sie sich auf die Knie und begann zu rufen:

»Nun erkenne ich, daß Ihr ein Mann Gottes seid! Die Wahrheit des Herrn spricht aus Euren Worten!«

Elia umarmte sie und bat sie, sich zu erheben. »Laßt diesen Mann frei!« sagte sie zu den Soldaten. »Er hat das Böse besiegt, das über mein Haus gekommen ist!«

Die versammelten Nachbarn trauten ihren Augen nicht. Ein junges Mädchen, eine Malerin, kniete neben der Witwe nieder. Allmählich taten es ihr die anderen gleich – auch die Soldaten, die den Auftrag hatten, Elia ins Gefängnis zu werfen.

»Steht auf«, bat er. »Und betet den Herrn an. Ich bin nur einer seiner Diener, vielleicht von allen der ungeeignetste.«

Doch sie knieten weiter, mit gesenktem Kopf.

»Ihr habt mit den Göttern des Fünften Berges gesprochen«, hörte er eine Stimme sagen. »Und jetzt könnt Ihr Wunder tun.«

»Dort gibt es keine Götter. Ich sah einen Engel des Herrn, der mich geheißen hat, dies hier zu tun.«

»Ihr wart bei Baal und seinen Brüdern«, sagte ein anderer.

Elia bahnte sich seinen Weg zwischen den knienden Menschen hindurch und ging hinaus auf die Straße. Sein Herz klopfte noch immer heftig, als hätte er die Aufgabe, die ihm der Engel auferlegt hatte, nicht gut erfüllt. »Was bringt es denn, jemanden vom Tode zu erwecken, wenn niemand glaubt, woher so viel Macht kommt?« Der Engel hatte ihm aufgetragen, dreimal den Namen Gottes anzurufen, aber er hatte ihm nicht gesagt, wie er der Menge unten das Wunder erklären sollte. »Heißt das etwa, daß ich nur einfach eitel bin wie die alten Propheten?« fragte er sich.

Er hörte die Stimme seines Schutzengels, mit dem er seit seiner Kindheit sprach.

»Ein Engel des Herrn war heute bei dir.«

»Ja«, antwortete Elia. »Doch die Engel des Herrn sprechen nicht selbst mit den Menschen, sie geben nur die Befehle Gottes weiter.«

»Nütze deine Macht«, sagte der Schutzengel.

Elia begriff nicht, was der Engel damit sagen wollte. »Ich habe keine Macht außer der, die vom Herrn kommt«, sagte er.

Und der Engel sagte noch:

»Von nun an bis zu dem Augenblick, in dem du in dein Land zurückkehrst, ist dir kein weiteres Wunder erlaubt.«

»Und wann wird das sein?«

»Der Herr braucht dich, um Israel wieder aufzubauen«, sagte der Engel. »Du wirst seinen Boden erst dann wieder betreten, wenn du gelernt hast, aufzubauen.«

Und mehr sagte er nicht.

Zweiter Teil

Der Priester sprach sein Gebet an die aufgehende Sonne und bat den Gott des Sturmes und die Göttin der Tiere um Barmherzigkeit für die Toren. Jemand hatte ihm am Morgen erzählt, daß Elia den Sohn der Witwe aus dem Reich der Toten zurückgeholt hatte.

Die Stadt war in hellem Aufruhr vor Schreck und Erregung. Alle glaubten, daß der Israelit seine Macht von den Göttern des Fünften Berges erhalten habe und es nun noch schwieriger sein werde, ihn zu töten. »Doch die Zeit wird kommen«, tröstete sich der Priester.

Die Götter würden ihnen schon Gelegenheit geben, mit Elia Schluß zu machen. Der göttliche Zorn aber hatte einen anderen Grund, und die Assyrer am Taleingang waren ein Zeichen dafür. Warum war der jahrhundertealte Friede plötzlich gefährdet? Er wußte die Antwort: die Erfindung von Byblos. Sein Land hatte eine Form der Schrift erfunden, die allen zugänglich war, selbst denen, die noch unfähig waren, sie zu benutzen. Jeder konnte sie in kurzer Zeit lernen – und das bedeutete das Ende der Zivilisation.

Der Priester wußte, daß von allen Waffen des Menschen die schrecklichste und mächtigste das Wort war. Dolche und Lanzen ließen blutige Spuren zurück. Pfeile konnten von fern gesehen werden. Gifte konnten letztlich erkannt und vermieden werden.

Doch das Wort konnte zerstören, ohne Spuren zu hinterlassen. Sobald die heiligen Rituale unkontrolliert verbreitet werden konnten, würden viele Menschen sie benutzen, um das Universum zu verändern, und die Götter würden sich empören. Bis zu diesem Augenblick hatte nur die Priesterkaste zu den altehrwürdigen Überlieferungen und Riten Zugang, die immer nur mündlich überliefert wurden, mit der Auflage strengster Geheimhaltung. Man brauchte Jahre des Studiums, um die Schriftzeichen zu entziffern, die die Ägypter über die ganze Welt verbreitet hatten. Daher konnten nur die Gebildetsten – Schreiber und Priester – schriftlich Informationen austauschen.

Andere Kulturen hatten ihre eigenen uralten Formen der Geschichtsaufzeichnung, doch die waren so kompliziert, daß niemand sich außerhalb der Gebiete, in denen sie benutzt wurden, die Mühe machte, sie zu erlernen. Die Erfindung von Byblos hingegen war hochgefährlich. Sie konnte in jedem Land, unabhängig von der jeweiligen Sprache, benutzt werden. Selbst die Griechen, die gemeinhin alles ablehnten, was nicht in ihren eigenen Städten entstanden war, hatten bereits die Schrift von Byblos für ihre Handelsgeschäfte übernommen. Da sie Spezialisten im Übernehmen von Neuheiten waren, hatten sie der Erfindung von Byblos bereits einen griechischen Namen gegeben: Alphabet.

Die jahrhundertelang gehüteten Geheimnisse liefen Gefahr, ans Licht zu kommen. Im Vergleich dazu war die Gotteslästerung des Elia – jemanden vom anderen Ufer des Todes, wie die Ägypter sagten, wieder zurückzuholen – gar nichts.

›Wir werden bestraft, weil wir nicht mehr sorgfältig

hüten können, was heilig ist‹, dachte der Priester. ›Die Assyrer stehen vor unseren Toren, werden das Tal durchqueren und die Zivilisation unserer Vorfahren zerstören.‹

Und sie würden der Schrift ein Ende bereiten. Der Priester wußte, daß die Anwesenheit des Feindes kein Zufall war.

Das war der Preis, der zu zahlen war. Die Götter hatten alles so gut geplant, daß niemand bemerkte, daß sie dahintersteckten. Sie hatten einen Stadthauptmann an die Macht gebracht, der sich mehr um den Handel als das Heer kümmerte, sie hatten die Gier der Assyrer erregt, hatten es immer weniger regnen lassen und einen Fremden in die Stadt gebracht, um sie zu entzweien. Bald schon würde die endgültige Schlacht geschlagen werden. Akbar würde weiter bestehen – doch die gefährlichen Byblos-Schriftzeichen würden auf ewig vom Angesicht der Erde getilgt.

Der Priester reinigte sorgfältig den Stein, der den Ort bezeichnete, an dem vor vielen Generationen der fremde Pilger den ihm vom Himmel gezeigten Ort gefunden hatte, an dem er dann die Stadt gründete. ›Wie schön er doch ist‹, dachte der Priester. Die Steine waren ein Bild der Götter – hart und widerstandsfähig, unter allen Umständen überlebensfähig und einfach da. Eine mündlich überlieferte Legende besagte, daß die Mitte der Welt durch einen Stein markiert sei, und als Kind hatte der Priester in die Welt hinausziehen wollen, um ihn zu suchen. Dieser Wunsch war eigentlich erst erstorben, als die Assyrer am Taleingang auftauchten; da hatte er begriffen, daß er diesen Traum niemals würde verwirklichen können.

»Sei's drum. Das Schicksal will offenbar, daß meine Generation dafür büßen muß, daß sie die Götter erzürnt hat. Es gibt in der Geschichte der Welt Unabwendbares, und wir müssen es akzeptieren.«

Er gelobte sich, den Göttern zu gehorchen: Er würde den Krieg nicht zu verhindern suchen.

»Vielleicht sind wir am Ende der Zeiten angelangt. Die Krisen werden immer größer und lassen sich nicht länger umschiffen.«

Der Priester nahm seinen Stab und trat aus dem kleinen Tempel heraus. Er war mit dem Kommandanten der Garnison verabredet.

Er war schon fast an der Südmauer angelangt, als ihn Elia ansprach.

»Der Herr hat einen Jungen von den Toten erweckt«, sagte der Israelit. »Die Stadt glaubt an meine Macht.«

»Der Junge wird nicht tot gewesen sein«, entgegnete der Priester. »Dies ist schon häufiger geschehen. Das Herz bleibt stehen, und dann beginnt es plötzlich wieder zu schlagen. Heute redet die ganze Stadt darüber, doch schon morgen werden sie sich daran erinnern, daß die Götter nah sind und hören können, was sie sagen. Dann werden sie wieder verstummen. Ich muß jetzt gehen, denn die Assyrer bereiten sich zur Schlacht.«

»Hört, was ich Euch zu sagen habe: Nach dem Wunder von gestern abend habe ich außerhalb der Stadtmauern geschlafen, denn ich brauchte etwas Ruhe. Da erschien mir wieder der Engel, den ich schon oben auf dem Fünften Berg gesehen hatte. Und er sagte zu mir: Akbar wird vom Krieg zerstört werden.«

»Städte können zerstört werden«, sagte der Priester. »Sie werden siebenundsiebzig Mal wieder aufgebaut, denn die Götter wissen, wohin sie sie gebaut haben, und wollen sie an diesem bestimmten Ort haben.«

Der Stadthauptmann kam von einer Gruppe Höflingen begleitet heran und fragte: »Was sagt Ihr da?«

»Ihr sollt den Frieden suchen«, antwortete Elia.

»Wenn Ihr Angst habt, so geht doch dahin zurück, woher Ihr gekommen seid«, entgegnete der Priester barsch.

»Isebel und ihr König warten auf die geflohenen Propheten, um sie zu töten«, sagte der Stadthauptmann. »Doch ich möchte gern, daß Ihr mir berichtet, wie es Euch gelungen ist, auf den Fünften Berg zu steigen, ohne vom Feuer vernichtet zu werden.«

Der Priester mußte diese Unterhaltung unterbrechen. Der Stadthauptmann schien mit den Assyrern verhandeln und Elia für seine Zwecke benutzen zu wollen.

»Hört nicht auf ihn«, sagte er. »Gestern, vor Gericht, sah ich ihn vor Angst weinen.«

»Meine Tränen galten dem Bösen, das ich meinte, über Euch gebracht zu haben. Ich fürchte nur zweierlei: den Herrn und mich selbst. Ich bin nicht aus Israel geflohen und bin bereit, dorthin zurückzukehren, sobald es mir der Herr gestattet. Dann werde ich dem Treiben der schönen Prinzessin ein Ende bereiten, und der Glaube Israels ist gerettet.«

»Man muß ein steinernes Herz haben, um dem Zauber Isebels zu widerstehen«, höhnte der Priester. »Und sonst schicken wir Euch eben eine noch schönere Frau, so wie wir es schon vor Isebel getan haben.«

Der Priester hatte recht. Vor zweihundert Jahren hatte

eine Prinzessin aus Sidon den weisesten aller Herrscher Israels, den König Salomo, verführt. Sie hatte ihn dazu gebracht, einen Altar zu Ehren der Göttin Astarte zu errichten. Wegen dieser Gotteslästerung hatte der Herr die Heere aller benachbarten Völker sich erheben lassen, und Salomo war entthront worden.

›Dasselbe wird mit Ahab, dem Ehemann von Isebel, geschehen‹, dachte Elia, denn er selbst würde dafür sorgen, sobald der Herr die Stunde für gekommen hielt. Was brachte es schon, diese beiden Männer zu überzeugen? Sie waren wie jene, die er vergangene Nacht auf dem Boden im Hause der Witwe hatte knien und die Götter des Fünften Berges loben sehen. Sie würden niemals umdenken lernen, die Tradition war stärker.

»Schade, daß wir das Gesetz der Gastfreundschaft respektieren müssen«, sagte der Stadthauptmann, der Elias Bemerkungen über den Krieg scheinbar vergessen hatte. »Sonst würden wir Isebel helfen, den Propheten den Garaus zu machen.«

»Dies ist nicht der Grund, weshalb Ihr mein Leben schont. Ihr wißt, daß ich eine wertvolle Ware bin, und Ihr wollt Isebel Gelegenheit geben, mich eigenhändig zu töten. Dennoch – seit gestern schreibt mir das Volk magische Kräfte zu. Es denkt, ich hätte die Götter dort oben auf dem Fünften Berg getroffen. Ihr würdet zwar nicht zögern, Eure Götter zu beleidigen, wollt aber die Einwohner nicht beunruhigen.«

Der Stadthauptmann und der Priester ließen Elia allein weiterreden und setzten ihren Weg Richtung Stadtmauer fort. Dies war der Augenblick, als der Priester beschloß, den

Israeliten bei der ersten besten Gelegenheit zu töten. Was bisher nur eine Tauschware gewesen war, hatte sich zur Bedrohung ausgewachsen.

Elia blickte ihnen nach. Was könnte er tun, fragte er sich verzweifelt, um dem Herrn zu dienen? Plötzlich begann er mitten auf dem Platz zu rufen:

»Volk von Akbar! Gestern abend bin ich auf den Fünften Berg gestiegen und habe dort mit den Göttern gesprochen. Kaum war ich wieder zurück, konnte ich einen Jungen aus dem Reich der Toten zurückholen!«

Die Leute umringten ihn. Die Geschichte war bereits stadtbekannt. Der Stadthauptmann und der Priester blieben auf halbem Weg stehen und machten kehrt, um zu sehen, was geschah. Der israelitische Prophet erzählte, er habe gesehen, wie die Götter des Fünften Berges einen höheren Gott anbeteten.

»Ich lasse ihn umbringen«, sagte der Priester.

»Damit sich das Volk gegen uns erhebt?!« entgegnete der Stadthauptmann, der wissen wollte, was der Fremde sagte. »Es ist besser, wir warten, bis er einen Fehler macht.«

»Bevor ich vom Berg herabstieg, haben mich die Götter damit beauftragt, dem Stadthauptmann zu helfen, mit den Assyrern fertig zu werden!« fuhr Elia fort. »Ich weiß, er ist ein ehrenhafter Mann und möchte mich anhören, doch es gibt Leute, die mich bewußt von ihm fernhalten, weil sie an einem Krieg interessiert sind.«

»Der Israelit ist ein heiliger Mann«, sagte ein Alter zum Stadthauptmann. »Niemand kann auf den Fünften Berg steigen, ohne vom Feuer des Himmels erschlagen zu werden, doch diesem Mann ist es gelungen – und jetzt erweckt er sogar Tote zum Leben.«

»In Tyrus, Sidon und allen anderen phönizischen Städten herrscht die Tradition des Friedens«, sagte ein anderer Alter. »Wir haben schon andere, schlimmere Bedrohungen erlebt und durchgestanden.«

Einige Kranke und Krüppel kamen heran und bahnten sich einen Weg durch die Menge, berührten Elias Kleider und baten ihn, sie von ihren Leiden zu heilen.

»Bevor Ihr dem Stadthauptmann Ratschläge erteilt, heilt erst einmal die Kranken«, sagte der Priester, »dann werden wir glauben, daß die Götter des Fünften Berges mit Euch sind.«

Elia erinnerte sich an die Worte des Engels in der Nacht: Nur die Kraft gewöhnlicher Menschen würde ihm gestattet sein.

»Die Kranken bitten um Hilfe«, beharrte der Priester. »Wir warten alle.«

»Zuvor laßt uns den Krieg verhindern. Es wird noch mehr Gebrechliche und Kranke geben, wenn uns das nicht gelingt.«

Da schaltete sich der Stadthauptmann ein.

»Elia wird mit uns gehen. Er ist von den Göttern erleuchtet.«

Obwohl er nicht glaubte, daß es Götter auf dem Fünften Berg gab, brauchte der Stadthauptmann einen Verbündeten, der ihm dabei half, das Volk davon zu überzeugen, daß ein Friede mit den Assyrern der einzige Weg war.

Auf dem Weg zum Kommandanten meinte der Priester zu Elia:

»Ihr glaubt nichts von dem, was Ihr gesagt habt.«

»Ich glaube, daß der Friede der einzige Weg ist. Doch ich glaube nicht, daß auf dem Gipfel des Berges Götter wohnen. Ich war dort.«

»Und was habt Ihr gesehen?«

»Einen Engel des Herrn. Ich habe diesen Engel schon zuvor an anderen Orten, durch die ich gekommen bin, gesehen«, entgegnete Elia. »Und es gibt nur einen Gott.«

Der Priester lachte.

»Soll das heißen, daß Eurer Meinung nach derselbe Gott den Sturm und das Getreide geschaffen hat, obwohl dies vollkommen verschiedene Dinge sind?«

»Seht Ihr den Fünften Berg?« fragte Elia. »Von allen Seiten sieht er anders aus, obwohl es immer derselbe Berg ist. So ist es mit allem, was geschaffen wurde: viele Gesichter des einen Gottes.«

Sie stiegen auf die Stadtmauer hinauf, von wo aus man in der Ferne das feindliche Lager sah. Im wüstenartigen Tal sprangen die weißen Zelte ins Auge.

Vor einiger Zeit, als die Wachen die Anwesenheit der Assyrer am Taleingang meldeten, hatten Späher gesagt, es seien nur Kundschafter. Der Kommandant hatte vorgeschlagen, sie gefangenzunehmen und als Sklaven zu verkaufen. Der Stadthauptmann hatte sich für eine andere Strategie entschieden – nichts zu tun. Er setzte darauf, daß sich ein neuer Markt für die in Akbar hergestellten Glaswaren erschließen würde, wenn man gute Beziehungen zu ihnen aufbauen könnte. Selbst wenn sie nur dort waren, um einen Krieg vorzubereiten, so wußten die Assyrer durchaus, daß die kleinen Städte immer auf der Seite der Sieger waren. Daher lag den assyrischen Generälen nur daran, auf dem Weg nach Tyrus und Sidon ungehindert durchzumarschieren. Denn das waren die Städte, welche Schätze und Wissen bargen.

Die Patrouillen hatten am Taleingang kampiert, und ganz allmählich war Verstärkung nachgerückt. Der Priester behauptete zu wissen warum: Die Stadt besaß einen Brunnen, den einzigen Brunnen im Umkreis mehrerer Tagesreisen durch die Wüste. Wenn die Assyrer Tyrus und Sidon erobern wollten, dann brauchten sie dieses Wasser für ihre Soldaten.

Am Ende des ersten Monats hätte man sie noch vertreiben können; am Ende des zweiten Monats hätte man sie noch leicht besiegen und einen ehrenvollen Rückzug mit den assyrischen Truppen aushandeln können.

Sie warteten auf die Schlacht, doch niemand griff an. Am Ende des fünften Monats hätte man die Assyrer noch zurückwerfen können. ›Sie werden bald angreifen, denn sie haben sicher Durst‹, dachte der Stadthauptmann. Er bat den Kommandanten, eine Abwehrstrategie auszuarbeiten und seine Leute kampfbereit zu halten, damit sie auf einen Überraschungsangriff reagieren könnten.

Doch er selbst konzentrierte sich auf die Vorbereitung des Friedens.

Ein halbes Jahr war bereits verstrichen, und das assyrische Heer hatte sich nicht von der Stelle bewegt. Die Anspannung in Akbar, die während der ersten Wochen der Besetzung gewachsen war, hatte ganz und gar nachgelassen. Die Leute kehrten zu ihrem gewohnten Leben zurück, die Bauern gingen auf ihre Felder, die Handwerker machten Wein, Glas und Seife, die Kaufleute verkauften und kauften ihre Waren. Da Akbar seine Feinde nicht angriff, glaubten alle, daß die Krise schon bald mit Verhandlungen behoben würde. Alle wußten, daß der Stadthauptmann von den Göttern bestimmt worden war und immer wußte, was am besten zu tun sei.

Als Elia in die Stadt kam, hatte der Stadthauptmann Gerüchte über den Fluch ausstreuen lassen, den der Fremde mit sich brachte. So konnte er, im Falle einer akuten Kriegsgefahr, den Fremden zum Sündenbock für alles Unheil machen, das über die Stadt hereinbrach. Die Bewohner Akbars wären bestimmt leicht davon zu überzeugen, daß mit dem Tod des Israeliten das Universum wieder ins Gleichgewicht kam. Der Stadthauptmann brauchte dann nur zu erklären, daß es nun zu spät sei, die Assyrer zum Abzug zu bewegen, Elia töten zu lassen und seinem Volk zu erklären, daß der Friede die beste Lösung sei. Die Kaufleute, die ebenfalls den Frieden wollten, würden das Volk auf ihre Seite bringen.

Die ganzen Monate hatte er sich gegen den Priester und den Kommandanten gestemmt, die einen umgehenden Angriff forderten. Die Götter des Fünften Berges hatten ihn indes noch nie verlassen. Jetzt, nach der Wiedererweckung der vorangegangenen Nacht, war Elias Leben wichtiger als seine Hinrichtung.

»Was hat dieser Fremde an Eurer Seite zu suchen?« fragte der Kommandant.

»Er wurde von den Göttern erleuchtet«, antwortete der Stadthauptmann. »Und er wird uns helfen, die beste Lösung zu finden.«

Schnell wechselte er das Thema.

»Es scheinen heute noch mehr Zelte zu sein.«

»Und morgen noch viel mehr«, sagte der Kommandant. »Hätten wir sie vernichtet, als es nur eine Patrouille war, wären sie wahrscheinlich nie zurückgekommen.«

»Ihr irrt. Einer von ihnen wäre uns bestimmt entwischt, und dann wären sie wiedergekommen, um sich zu rächen.«

»Wenn wir die Ernte aufschieben, verfaulen die Früchte«, beharrte der Kommandant. »Wenn wir aber die Probleme aufschieben, wachsen sie immer weiter.«

Der Stadthauptmann erklärte, daß nunmehr seit drei Jahrhunderten Friede in Phönizien herrschte und das Volk sehr stolz darauf sei. Was würden kommende Generationen sagen, wenn er diese Ära des Wohlstandes abbrach?

»Schickt einen Emissär, um mit ihnen zu verhandeln«, sagte Elia. »Der beste Krieger ist der, dem es gelingt, sich seinen Feind zum Freund zu machen.«

»Wir wissen nicht genau, was sie vorhaben. Wir wissen nicht einmal, ob sie unsere Stadt erobern wollen. Wie sollen wir da verhandeln?«

»Es gibt bedrohliche Anzeichen. Ein Heer vertut nicht seine Zeit damit, fern seiner Heimat militärische Übungen zu machen.«

Jeden Tag kamen mehr Soldaten – und der Stadthauptmann überlegte sich, wieviel Wasser all diese Männer wohl brauchten. In kürzester Zeit würde die Stadt dem feindlichen Heer schutzlos ausgeliefert sein.

»Können wir jetzt angreifen?« fragte der Priester den Kommandanten.

»Ja, das können wir. Wir werden viele Männer verlieren, doch die Stadt wird gerettet werden. Aber wir müssen uns schnell entscheiden.«

»Das sollten wir nicht tun, Stadthauptmann. Die Götter des Fünften Berges haben mir gesagt, daß uns noch Zeit bleibt, um eine friedliche Lösung zu finden«, rief Elia. Und der Stadthauptmann tat so, als gebe er ihm recht und als ginge ihn die Auseinandersetzung zwischen dem Priester und dem Israeliten nichts an. Ihm war es gleichgültig, ob Sidon und Tyrus von Phöniziern, den Kanaanitern oder Assyrern regiert wurden. Wichtig war allein, daß die Stadt weiterhin ihre Erzeugnisse verkaufen konnte.

»Greifen wir an«, beharrte der Priester.

»Einen Tag noch«, bat der Stadthauptmann. »Vielleicht findet sich noch eine Lösung.«

Er würde schnell entscheiden müssen, wie der Bedrohung durch die Assyrer am besten zu begegnen war. Er stieg von der Mauer herab und bat den Israeliten, ihn zum Palast zurückzubegleiten.

Unterwegs beobachtete er das Volk um ihn herum: die Hirten, die ihre Schafe in die Berge führten, die Bauern, die auf die Felder gingen, wo sie dem trockenen Boden Nahrung für sich und ihre Familien abzutrotzen versuchten. Soldaten übten mit ihren Lanzen, und einige vor kurzem eingetroffene Kaufleute boten ihre Waren auf dem Marktplatz feil. So unglaublich es auch scheinen mochte: Die

Assyrer hatten die Straße nicht geschlossen, die das ganze Tal durchschnitt. Die Kaufleute waren immer noch mit ihren Waren unterwegs und zahlten der Stadt Wegzoll.

»Warum schließen sie die Straße nicht, obwohl sie eine gewaltige Streitmacht zusammengezogen haben?« wollte Elia wissen.

»Das assyrische Reich braucht die Erzeugnisse, die in den Häfen von Sidon und Tyrus ankommen«, antwortete der Stadthauptmann. »Die Lieferungen würden unterbrochen, wenn die Kaufleute bedroht werden. Und die Folgen wären schlimmer als eine militärische Niederlage. Es muß eine Möglichkeit geben, den Krieg zu verhindern.«

»Ja«, sagte Elia. »Wenn sie Wasser haben wollen, könnten wir es verkaufen.«

Der Stadthauptmann sagte nichts. Doch er begriff, daß er den Israeliten als Waffe gegen die benutzen konnte, die den Krieg wollten. Er war auf den Gipfel des Fünften Berges gestiegen und hatte den Göttern getrotzt. Und wenn der Priester weiter darauf beharren würde, gegen die Assyrer zu kämpfen, wäre Elia der einzige, der ihm die Stirn bieten könnte. Er schlug vor, miteinander einen Spaziergang zu machen, damit sie sich etwas unterhielten.

Der Priester blieb oben auf der Mauer stehen und beobachtete den Feind.

»Was können die Götter tun, um die Invasoren aufzuhalten?« fragte der Kommandant.

»Ich habe vor dem Fünften Berg Opfer gebracht. Ich habe gebetet, sie möchten uns ein mutigeres Oberhaupt schicken.«

»Wir sollten es halten wie Isebel und die Propheten töten. Ein einfacher Israelit, der gestern noch zum Tode verurteilt war, wird heute vom Stadthauptmann dazu benutzt, das Volk von der Notwendigkeit eines Friedens zu überzeugen.«

Der Kommandant blickte auf den Berg.

»Wir könnten jemanden dingen, der Elia tötet. Und meine Krieger dazu benutzen, den Stadthauptmann aus den Regierungsgeschäften zu vertreiben.«

»Ich werde befehlen, Elia zu töten«, antwortete der Priester. »Was den Stadthauptmann betrifft, sind uns die Hände gebunden: Seine Familie ist seit Generationen an der Macht. Sein Großvater war unser Stadthauptmann, der die Macht der Götter an seinen Vater weitergegeben hat, der sie wiederum an seinen Sohn weitergab.«

»Nur weil die Tradition uns untersagt, einen fähigeren Mann an seine Stelle zu setzen?«

»Die Tradition ist dazu da, die Ordnung der Welt zu erhalten. Wenn wir daran rühren, endet die Welt.«

Der Priester blickte um sich. Himmel und Erde, Berge und Tal, jedes Ding erfüllte, was für es bestimmt war. Manchmal zitterte der Boden, ein andermal – wie jetzt – regnete es lange nicht. Doch die Sterne blieben an ihrem Platz, und die Sonne war den Menschen nicht auf den Kopf gefallen. Alles weil seit der Sintflut die Menschen gelernt hatten, daß an die Ordnung der Schöpfung nicht gerührt werden durfte.

Einstmals hatte es nur den Fünften Berg gegeben. Menschen und Götter hatten zusammengelebt, waren in den schönen Gärten des Paradieses gelustwandelt, hatten miteinander geredet und gelacht. Doch die Menschen hatten gesündigt und die Götter hatten sie von dort vertrieben. Da es nichts gab, wohin sie sie schicken konnten, hatten sie rings um den Berg die Erde erschaffen, wo sie sie aussetzen, überwachen und dafür sorgen konnten, daß sie nie vergaßen, daß sie den Bewohnern des Fünften Berges weit unterlegen waren.

Sie sahen jedoch davon ab, den Menschen die Tür auf ewig zu verschließen. Wenn die Menschheit auf dem Pfad der Tugend wandelte, würde sie eines Tages wieder auf den Gipfel des Berges zurückkehren. Damit dieser Gedanke nicht vergessen wurde, beauftragten die Götter die Priester und die Regierenden damit, sie in der Vorstellung lebendig zu erhalten.

Alle Völker teilten denselben Glauben: Wenn die von den Göttern gesalbten Familien sich von der Macht entfernten, waren die Folgen katastrophal. Niemand erinnerte sich mehr daran, weshalb diese Familien erwählt worden waren, doch alle wußten, daß sie mit den göttlichen Familien verwandt waren. Akbar bestand schon Hunderte von Jahren, und immer hatte die Familie des Stadthauptmanns regiert. Es war oftmals eingenommen und von Diktatoren und Barbaren beherrscht worden, doch immer waren die Invasoren mit der Zeit entweder von selbst wieder gegangen oder vertrieben worden. Die alte Ordnung wurde wiederhergestellt, und die Menschen führten ihr Leben weiter wie zuvor.

Es war die Pflicht der Priester, diese Ordnung aufrecht-
zuerhalten: Die Welt besaß ein Schicksal und unterlag Gesetzen. Die Zeit, in der man versuchte, die Götter zu verstehen, war längst vorüber. Jetzt herrschte das Zeitalter, in
dem sie respektiert wurden und alles getan wurde, was sie
wollten. Sie waren launisch und leicht zu erzürnen.

Ohne die Ernterituale gab die Erde keine Früchte.
Ohne die entsprechenden Opfer wurde die Stadt von töd-
lichen Krankheiten heimgesucht. Wenn man den Wettergott
reizte, hörten Getreide und Menschen auf zu wachsen.

»Sieh den Fünften Berg«, sagte der Priester zum Kommandanten. »Von seinem Gipfel aus beherrschen die Götter das Tal und beschützen uns. Sie haben einen ewigen Plan
für Akbar. Der Fremde wird getötet werden oder in sein
Land zurückkehren, der Stadthauptmann wird eines Tages
sterben, und sein Sohn wird weiser sein als er. Was wir jetzt
erleben, geht vorüber.«

»Wir brauchen einen neuen Stadthauptmann«, sagte der
Kommandant. »Verbleiben wir in den Händen dieses Mannes, werden wir alle zerstört werden.«

Der Priester wußte, daß dies der Götter Wille war, um
der Bedrohung durch die Schrift von Byblos ein Ende zu
bereiten. Doch er sagte nichts. Er freute sich, weil er wieder
einmal feststellte, daß die Regierenden immer das Schicksal
des Universums erfüllten – ob sie wollten oder nicht.

Elia spazierte durch die Stadt, erklärte dem Stadthauptmann seine Friedenspläne und wurde zu dessen Helfer ernannt. Als sie in der Mitte des Platzes angelangt waren, näherten sich erneut Kranke, doch er sagte, daß die Götter vom Fünften Berge ihm untersagt hätten, zu heilen. Gegen Abend kehrte er in das Haus der Witwe zurück. Das Kind spielte mitten auf der Straße, und er dankte dafür, das Werkzeug für ein Wunder des Herrn gewesen zu sein.

Sie erwartete ihn zum Abendessen. Zu seiner Überraschung stand eine Flasche Wein auf dem Tisch.

»Die Leute haben Geschenke für Euch gebracht, um Euch eine Freude zu machen«, sagte sie. »Und ich möchte Euch um Vergebung bitten, daß ich so ungerecht war.«

»Inwiefern ungerecht?« wunderte sich Elia. »Seht Ihr denn nicht, daß alles zum Ratschluß Gottes gehört?«

Die Witwe lächelte, ihre Augen leuchteten, und er bemerkte, wie schön sie war. Sie war mindestens zehn Jahre älter als er, doch er empfand eine tiefe Zärtlichkeit für sie. Es war ein ungewohntes Gefühl und es machte ihm angst. Er erinnerte sich an Isebels Augen und seine Bitte an Gott, ihm eine Libanesin zur Frau zu geben.

»Obwohl mein Leben unnütz war, habe ich zumindest meinen Sohn. Und seine Geschichte wird nie vergessen werden, denn er kam aus dem Reich der Toten zurück«, sagte die Frau.

»Euer Leben ist nicht unnütz. Ich kam auf Geheiß des Herrn nach Akbar, und Ihr habt mich aufgenommen. Wenn die Geschichte Eures Sohnes nicht vergessen werden wird, so wird gewiß auch Eure Geschichte nicht vergessen werden.«

Die Frau füllte die beiden Gläser. Sie tranken auf die Sonne, die sich verbarg, und auf die Sterne am Himmel.

»Ihr kamt aus einem fernen Land, folgtet den Zeichen eines Gottes, den ich nicht kannte. Doch jetzt ist Er auch mein Herr. Mein Sohn ist aus einem fernen Land zurückgekommen, und er wird seinen Enkeln eine schöne Geschichte zu erzählen haben. Die Priester werden seine Worte aufnehmen und sie an die kommenden Generationen weitergeben.«

Die Städte kannten ihre Geschichte, ihre Eroberungen, ihre alten Götter, die Krieger, die das Land mit ihrem Blut verteidigt hatten, aus der Überlieferung der Priester. Auch wenn es jetzt neue Formen gab, um die Vergangenheit festzuhalten, war die Erinnerung der Priester das einzige, an das die Bewohner von Akbar glaubten. Jeder kann schreiben, was er will, doch niemand kann sich an etwas erinnern, das es nie gegeben hat.

»Und was werde ich zu erzählen haben?« fuhr die Frau fort. »Ich habe weder Isebels Macht noch ihre Schönheit. Mein Leben gleicht den anderen. Meine Heirat wurde von meinen Eltern arrangiert, als ich noch ein Kind war. Die Hausarbeit, als ich erwachsen wurde, die Riten an den heiligen Tagen, der Ehemann, der immer anderweitig beschäftigt war. Solange er lebte, haben wir nie über etwas Wichtiges gesprochen. Er lebte für seine Geschäfte, und ich kümmerte mich um den Haushalt, und so haben wir die besten Jahre unseres Lebens verbracht. Nach seinem Tode blieben mir nur die Armut und die Erziehung meines Sohnes. Wenn er erwachsen ist, wird er über die Meere fahren, und ich werde für niemanden mehr wichtig sein. Ich habe weder Haß noch Groll, ich bin mir nur meiner Nutzlosigkeit bewußt.«

Elia schenkte sich ein zweites Glas ein. Sein Herz begann Alarmsignale auszusenden. Es gefiel ihm, bei dieser Frau zu sein. Die Liebe konnte eine erschreckendere Erfahrung sein, als vor einem Soldaten Ahabs zu stehen, der mit einem Pfeil auf sein Herz zielte. Wenn der Pfeil ihn traf, war er tot. Wenn ihn jedoch die Liebe träfe, müßte er die Folgen tragen.

›Ich habe mich immer nach Liebe gesehnt‹, dachte er. Doch jetzt, wo er sie vor sich hatte – und er hatte sie vor sich, alles was er tun mußte, war, nicht vor ihr Reißaus zu nehmen –, überlegte er nur, wie er sie so schnell wie möglich vergessen könnte.

Seine Gedanken kehrten zu dem Tag zurück, an dem er in Akbar angekommen war. Nach seinem Exil am Bach Krith war er so müde und durstig gewesen, daß er sich an nichts erinnern konnte außer an den Augenblick, als er aus seiner Ohnmacht erwachte und sie sah, wie sie seine Lippen mit Wasser benetzte. Sein Gesicht war ihrem sehr nah gewesen, so nah wie nie zuvor in seinem Leben dem Gesicht einer Frau. Ihm war aufgefallen, daß sie die gleichen grünen Augen wie Isebel hatte, nur daß ihr Glanz anders war, als könnten sie die Zedern widerspiegeln, den Ozean, von dem er immer geträumt und den er noch nie gesehen hatte, ja sogar seine eigene Seele.

›Ich würde ihr das so gern sagen‹, dachte er. ›Doch ich weiß nicht wie. Es ist einfacher, von der Liebe Gottes zu sprechen.‹

Elia trank noch ein wenig. Sie bemerkte, daß etwas, was

sie gesagt hatte, ihm nicht gefallen hatte, und beschloß daher das Thema zu wechseln.

»Ihr seid auf den Fünften Berg gestiegen?«

Er nickte.

Sie hätte ihn gern gefragt, was er dort oben gesehen hatte und wie es ihm gelungen war, dem himmlischen Feuer zu entgehen. Doch er fühlte sich sichtlich unbehaglich.

›Er ist ein Prophet. Er liest in meinem Herzen‹, dachte sie.

Seit der Israelit in ihr Leben getreten war, hatte sich alles verändert. Sogar die Armut war leichter zu ertragen, denn dieser Fremde hatte etwas in ihr geweckt, das sie zuvor nicht gekannt hatte: die Liebe. Als ihr Sohn krank geworden war, hatte sie gegen ihre ganze Nachbarschaft gekämpft, um den Fremden bei sich im Haus zu behalten.

Sie wußte, daß für ihn von allem, was unter dem Himmel geschah, der Herr am wichtigsten war. Ihr war bewußt, daß er ein unerreichbarer Traum war, denn dieser Mann vor ihr konnte jeden Moment weggehen, Isebels Blut vergießen und niemals zurückkehren, um ihr zu berichten, was geschehen war.

Dennoch würde sie ihn weiter lieben, weil sie zum ersten Mal in ihrem Leben erfahren hatte, was Freiheit war. Sie konnte ihn lieben, selbst wenn er es niemals erfahren sollte. Sie brauchte nicht seine Erlaubnis, um sich nach ihm zu sehnen, den ganzen Tag an ihn zu denken, ihn zum Abendessen zu erwarten und sich zu ängstigen, was für ein Komplott wohl gegen ihn im Gange war.

Dies war die Freiheit: fühlen, was ihr Herz begehrte, egal was die anderen davon halten mochten. Sie hatte schon mit

Freunden und Nachbarn über die Anwesenheit des Fremden in ihrem Hause gekämpft. Gegen sich selbst brauchte sie nicht zu kämpfen.

Elia trank etwas Wein, entschuldigte sich und ging in sein Zimmer. Sie trat hinaus, freute sich an ihrem Sohn, der vor dem Hause spielte, und beschloß, einen kurzen Spaziergang zu machen.

Sie war frei, denn die Liebe befreit.

Elia starrte lange auf die Wand in seinem Zimmer. Dann endlich beschloß er, seinen Engel anzurufen.

»Meine Seele ist in Gefahr«, sagte er.

Der Engel schwieg. Elia wußte nicht recht, ob er das Gespräch fortsetzen sollte, doch nun war es bereits zu spät: Er konnte ihn nicht grundlos anrufen.

»Wenn ich vor dieser Frau stehe, fühle ich mich nicht wohl.«

»Ganz im Gegenteil«, antwortete der Engel. »Und das macht dich unsicher. Du könntest sie am Ende lieben.«

Elia schämte sich, weil der Engel seine Seele kannte.

»Die Liebe ist gefährlich«, sagte er.

»Sehr gefährlich«, antwortete der Engel. »Und wenn schon!«

Dann verschwand er.

Sein Engel war nicht von den Zweifeln geplagt, die seine Seele bestürmten. Ja, er kannte die Liebe. Er hatte gesehen, wie der König von Israel seinen Gott wegen Isebel aufgegeben hatte, wegen einer Prinzessin aus Sidon, die sein Herz erobert hatte. Die Tradition berichtete, daß König

Salomo seinen Thron wegen einer fremdländischen Frau verloren hatte. König David hatte einen seiner besten Freunde in den Tod geschickt, weil er sich in seine Frau verliebt hatte. Dalilas wegen war Samson gefangengenommen worden und hatten die Philister ihm die Augen ausgestochen.

Wie konnte er da die Liebe nicht kennen? Die Geschichte war voll von tragischen Beispielen, auch unter seinen Freunden – und den Freunden seiner Freunde –, die nächtelang gewartet und gelitten hatten. Hätte er in Israel eine Frau, so hätte er seine Stadt kaum verlassen, als es ihm der Herr befahl, und er wäre jetzt tot.

›Ich kämpfe eine nutzlose Schlacht‹, dachte er. ›Die Liebe wird diesen Kampf gewinnen, und ich werde sie bis ans Ende meiner Tage lieben. Herr, schick mich wieder zurück nach Israel, damit ich dieser Frau niemals sagen muß, was ich für sie empfinde. Denn sie liebt mich nicht und wird mir sagen, daß ihr Herz mit dem ihres heldenhaften Mannes begraben wurde.‹

Am folgenden Tag traf sich Elia wieder mit dem Kommandanten. Er erfuhr, daß noch einige Zelte mehr aufgebaut worden waren.

»Wie groß ist jetzt die Anzahl der Krieger?« fragte er.

»Einem Feind von Isebel gebe ich keine Auskunft.«

»Ich bin Berater des Stadthauptmanns«, entgegnete Elia. »Er hat mich gestern nachmittag zu seinem Gehilfen ernannt, und Ihr wißt es, und daher schuldet Ihr mir eine Antwort.«

Der Kommandant hatte nicht übel Lust, dem Leben des Fremden ein Ende zu bereiten.

»Auf zwei Soldaten der Assyrer kommt einer von uns«, antwortete er schließlich.

Elia wußte, daß der Feind eine viel größere Übermacht brauchte.

»Wir nähern uns dem idealen Augenblick, um die Friedensverhandlungen zu beginnen«, sagte er. »Sie werden uns für großmütig halten, und wir werden bessere Bedingungen aushandeln können. Jeder General weiß, daß zur Eroberung einer Stadt fünf Angreifer auf einen Verteidiger nötig sind.«

»Sie werden diese Zahl noch erreichen, wenn wir nicht sofort angreifen.«

»Selbst ihrer Versorgungseinheit gelingt es nicht, ausreichend Wasser für so viele Männer zu beschaffen. Und da kommt der Moment, in dem wir unsere Unterhändler losschicken können.«

»Und wann genau ist das?«

»Wir werden die Anzahl der assyrischen Krieger noch etwas anwachsen lassen. Wenn die Lage unerträglich wird, sind sie gezwungen anzugreifen, doch dann wird auf drei oder vier von ihnen ein Soldat von uns kommen. Und sie wissen, daß sie geschlagen werden. Dann werden unsere Emissäre den Frieden, den freien Durchzug und den Verkauf von Wasser anbieten. So stellt es sich der Stadthauptmann vor.«

Der Kommandant sagte nichts und ließ den Fremden gehen. Selbst wenn Elia tot war, konnte der Stadthauptmann auf dieser Idee beharren, und der Kommandant schwor sich, den Stadthauptmann dann zu töten. Danach würde er Selbstmord begehen, um dem Zorn der Götter zu entgehen.

Einstweilen würde er es auf gar keinen Fall zulassen, daß sein Volk vom Geld verraten würde.

»Schick mich nach Israel zurück, Herr«, flehte Elia immer und immer wieder, wenn er nachmittags durch das Tal wanderte. »Laß nicht zu, daß mein Herz hier in Akbar gefangengehalten wird.«

Einem Brauch der Propheten folgend, den er aus seiner Kindheit kannte, geißelte er sich jedesmal, wenn er an die Witwe dachte. Von der Peitsche waren seine Schultern bald nur noch rohes Fleisch, und er fiel zwei Tage lang in ein fiebriges Delirium. Als er wieder erwachte, war das erste, was er sah, das Gesicht der Frau. Sie behandelte seine Wunden, rieb sie mit Olivenöl ein. Da er zu schwach war, um in den Wohnraum hinunterzusteigen, brachte sie ihm sein Essen aufs Zimmer.

Sobald er wieder gesund war, nahm er seine Wanderungen im Tal wieder auf.

»Schick mich nach Israel zurück, Herr«, flehte er erneut. »Mein Herz ist schon in Akbar gefangen, doch mein Körper kann die Reise noch antreten.«

Der Engel erschien. Es war nicht der Engel des Herrn, den er oben auf dem Berg gesehen hatte, sondern sein Schutzengel, an dessen Stimme er schon gewohnt war.

»Der Herr erhört die Gebete derer, die den Haß vergessen wollen. Doch sein Ohr ist taub für die, die der Liebe entrinnen wollen.«

Sie nahmen das Abendessen immer zu dritt ein. Wie der Herr versprochen hatte, mangelte es nie an Mehl im Topf und an Öl im Krug.

Während der Mahlzeiten wurde nur selten gesprochen. An einem Abend jedoch fragte der Junge:

»Was ist ein Prophet?«

»Jemand, der immer dieselben Stimmen hört, die er schon als Kind gehört hat. Und der noch an sie glaubt. So kann er erfahren, was die Engel denken.«

»Ja, ich weiß, wovon Ihr redet«, sagte der Junge. »Ich habe Freunde, die niemand sonst sieht.«

»Vergiß sie nie, auch wenn die Erwachsenen sagen, daß dies Unsinn sei. So wirst du immer wissen, was Gott will.«

»Ich werde die Zukunft kennen wie die Weissager von Babylon«, sagte der Junge.

»Die Propheten kennen die Zukunft nicht. Sie geben nur die Worte wieder, die ihnen der Herr im Augenblick eingibt. Deshalb bin ich hier, ohne zu wissen, wann ich in mein Land zurückkehre. Er wird es mir nicht sagen, bevor es notwendig ist.«

Die Augen der Frau trübten sich. Ja, eines Tages würde er gehen.

Elia rief den Herrn nicht mehr an. Er hatte beschlossen, daß er die Witwe und ihren Sohn mit sich nehmen würde, wenn der Augenblick kam, Akbar zu verlassen. Er würde nichts darüber sagen, bis die Stunde gekommen war.

Vielleicht wollte sie ja gar nicht weggehen. Vielleicht hatte sie gar nicht gespürt, was er für sie empfand – schließlich hatte er selbst lange gebraucht, es zu begreifen. In dem Fall könnte er sich ganz der Vertreibung Isebels und dem Aufbau Israels widmen. Seine Gedanken wären viel zu sehr in Anspruch genommen, als daß er an Liebe denken könnte.

»*Der Herr ist mein Hirte*«, sagte er, indem er sich an das alte Gebet König Davids erinnerte. »*Er führet mich zum frischen Wasser. Er erquicket meine Seele.* Und er wird mich den Sinn meines Lebens nicht verlieren lassen«, schloß er mit eigenen Worten.

Eines Nachmittags, als er früher als gewohnt nach Hause kam, traf er die Witwe auf der Schwelle des Hauses sitzend an.

»Was tut Ihr?«

»Ich habe nichts zu tun«, antwortete sie.

»Dann lernt etwas. Zur Zeit haben viele Menschen ihr Leben aufgegeben. Sie langweilen sich nicht, sie weinen nicht, sie lassen nur die Zeit verstreichen. Sie nehmen die Herausforderungen des Lebens nicht an, und das Leben fordert sie nicht mehr heraus. Ihr lauft diese Gefahr. Tut etwas, stellt Euch dem Leben, gebt Euch nicht auf.«

»Mein Leben hat wieder einen Sinn erhalten«, sagte sie, und blickte zu Boden. »Seit Ihr gekommen seid.«

Für den Bruchteil einer Sekunde spürte er, daß er ihr sein Herz öffnen konnte. Doch er beschloß, es nicht zu riskieren – sie meinte sicher etwas ganz anderes.

»Tut etwas, unternehmt etwas«, sagte er, indem er das Thema wechselte. »So wird die Zeit zu Eurem Verbündeten und nicht zu Eurem Feind.«

»Was könnte ich lernen?«

Elia überlegte kurz.

»Die Schrift von Byblos. Sie wird nützlich sein, wenn Ihr eines Tages reisen müßt.«

Die Frau beschloß, sich mit Herz und Seele diesem Studium zu verschreiben. Sie hatte nie daran gedacht, Akbar zu verlassen, doch so wie er redete, könnte es bedeuten, daß er sie mit sich nehmen wollte.

Sie fühlte sich abermals frei. Wieder erwachte sie im Morgengrauen und ging lächelnd durch die Straßen der Stadt.

»Elia lebt immer noch«, sagte zwei Monate später der Kommandant zum Priester. »Du hast es nicht geschafft, ihn umzubringen.«

»Es gibt in ganz Akbar keinen Mann, der sich dafür hergibt. Der Israelit hat die Kranken getröstet, die Gefangenen besucht, die Hungernden gespeist. Wenn jemand einen Streit mit dem Nachbarn hat, kommt er zu ihm, und alle nehmen seinen Richtspruch an, weil er gerecht ist. Der Stadthauptmann benutzt ihn im stillen, um seine eigene Beliebtheit zu vergrößern.«

»Die Kaufleute wollen keinen Krieg. Wenn der Stadthauptmann weiterhin so beliebt ist und es ihm sogar gelingt, die Bevölkerung davon zu überzeugen, daß ein Frieden vorzuziehen ist, gelingt es uns niemals, die Assyrer von hier zu vertreiben. Daher muß Elia sterben.«

Der Priester wies auf den Fünften Berg, dessen Gipfel wie immer in Wolken gehüllt war.

»Die Götter werden nicht zulassen, daß ihr Land von einer fremden Macht erniedrigt wird. Sie werden schon etwas tun: Es wird irgend etwas geschehen, und das werden wir uns zunutze machen.«

»Was denn?«

»Ich weiß es nicht. Aber ich werde die Zeichen aufmerksam beobachten. Gebt keine genauen Informationen über die Zahl der fremden Soldaten heraus. Wenn Euch jemand fragt, sagt einfach, das Verhältnis sei immer noch vier zu eins. Und laßt Eure Truppen weiter üben.«

»Warum soll ich das tun? Wenn das Verhältnis fünf zu eins steht, sind wir verloren.«

»Nein: Wir wären gleich stark. Wenn die Schlacht stattfinden sollte, werdet Ihr nicht gegen einen unterlegenen Feind kämpfen, und man wird Euch nicht für einen Feigling halten, der die Schwächeren mißbraucht. Das Heer von Akbar wird sich einem Gegner stellen, der genauso mächtig ist wie es selbst. Und es wird die Schlacht gewinnen, weil sein Kommandant die bessere Strategie entwickelt haben wird.«

Bei seiner Eitelkeit gepackt, willigte der Kommandant in den Vorschlag ein. Und von diesem Augenblick an begann er dem Stadthauptmann und Elia Informationen zu verheimlichen.

Weitere zwei Monate vergingen. Eines Morgens hatte das assyrische Heer das Verhältnis von fünf zu eins erreicht. Es konnte jeden Augenblick angreifen.

Seit einiger Zeit schon hatte Elia das ungute Gefühl, daß der Kommandant log, was die Kräfte des feindlichen Heeres betraf, doch letztlich würde sich das zu seinen Gunsten auswirken: Wenn das Verhältnis seinen kritischen Punkt erreicht haben würde, wäre es einfach, die Bevölkerung davon zu überzeugen, daß der Friede die einzige Lösung sei.

Er dachte darüber nach, als er sich zu der Stelle des Marktplatzes begab, an dem er einmal in der Woche den Bewohnern half, ihre Streitigkeiten zu schlichten. Im allgemeinen waren es Nichtigkeiten: Streit zwischen Nachbarn, alte Leute, die keine Steuern mehr zahlen wollten, Kaufleute, die glaubten, bei ihren Geschäften benachteiligt zu werden.

Der Stadthauptmann war auch anwesend. Er pflegte hin und wieder zu erscheinen, um ihm zuzuschauen. Die Abneigung, die Elia gegen ihn gehegt hatte, war gewichen, und der Stadthauptmann entpuppte sich als ein weiser Mann, dem daran gelegen war, Konflikte schon im Vorfeld zu lösen – wenngleich er nicht an die spirituelle Welt glaubte und sich sehr davor fürchtete zu sterben. Mehr als einmal hatte er seine Autorität ins Spiel gebracht, um einer Entscheidung von Elia die Kraft eines Urteils zu verleihen. Manchmal war er auch mit einem Richtspruch nicht einverstanden gewesen, und im nachhinein hatte Elia dem Stadthauptmann recht geben müssen.

Akbar wurde allmählich zu einer phönizischen Musterstadt. Der Stadthauptmann hatte ein gerechteres Steuersystem geschaffen, die Straßen in der Stadt verbessert, er wußte die Einnahmen, die die Stadt aus den Steuern auf die Waren erhielt, klug zu verwalten. Es gab eine Zeit, da hatte ihn Elia gebeten, das Trinken von Wein und Bier zu verbieten, weil die meisten Streitigkeiten, die er zu schlichten hatte, von Betrunkenen ausgelöst worden waren. Der Stadthauptmann hatte jedoch eingewandt, so etwas gehöre zum Leben einer Stadt und es hätte immer geheißen, daß die Götter sich freuten, wenn die Menschen sich nach einem Arbeitstag vergnügten, und daß sie die Betrunkenen beschützten. Zudem sei die Region berühmt dafür, weltweit einen der besten Weine herzustellen. Und die Fremden würden mißtrauisch werden, wenn man in Akbar den eigenen Wein verschmähte.

Elia respektierte die Entscheidung des Stadthauptmanns und stimmte mit ihm darin überein, daß fröhliche Menschen mehr produzieren.

»Ihr braucht Euch nicht so sehr zu mühen«, sagte der Stadthauptmann, bevor Elia sich an die Arbeit dieses Tages machte. »Ein Helfer hilft der Regierung nur mit seiner Meinung.«

»Ich habe Heimweh und möchte gern in mein Land zurück. Doch solange ich mich hier nützlich mache, kann ich vergessen, daß ich hier fremd bin«, entgegnete er. ›Und ich kann meine Liebe zu ihr besser unter Kontrolle behalten‹, dachte er bei sich.

Das Gericht des Volkes hatte ein zahlreiches und aufmerksames Publikum bekommen. Die Leute strömten herbei: Viele alte Leute waren darunter, die nicht mehr draußen auf den Feldern arbeiten konnten und nun herkamen, um die Richtsprüche Elias abwechselnd zu beklatschen und auszubuhen; andere waren am Schiedsspruch direkt interessiert, weil er entweder Profit oder einen Verlust für sie bedeutete; auch Frauen und Kinder fanden sich ein, die keine Arbeit hatten und so die Zeit totschlugen.

Elia legte kurz die Fälle dar, die an diesem Morgen anstanden: Der erste Fall war der eines Hirten, der von einem Schatz träumte, welcher in der Nähe der Pyramiden versteckt lag, und der Geld brauchte, um dahin zu gelangen. Elia war nie in Ägypten gewesen, doch er wußte, daß es weit weg lag, und sagte dem Hirten, daß er die Mittel für die Reise kaum zusammenbekommen würde – es sei denn, er verkaufte seine Schafe und bezahlte den Preis für seinen Traum: Dann würde er ganz gewiß finden, was er suchte. Anschließend kam eine Frau, die die magischen Künste Israels lernen wollte. Elia sagte, er sei kein Meister der Magie, sondern nur ein Prophet.

Er war gerade dabei, eine gütliche Lösung für einen Streit zwischen zwei Bauern zu finden, von denen der eine die Frau des anderen verflucht hatte, als ein Soldat sich durch die Menge drängte und sich schweißgebadet an den Stadthauptmann wandte:

»Einer Patrouille ist es gelungen, einen Spion zu fangen«, keuchte der Soldat. »Er wird gerade hierhergeführt.«

Ein Raunen ging durch die Zuschauer. Es war das erste Mal, daß sie einen solchen Prozeß miterleben würden.

»Tötet ihn«, rief jemand. »Tod dem Feind!«

Johlender Beifall von allen Seiten. In Windeseile hatte sich die Nachricht in der ganzen Stadt verbreitet, und alles strömte auf den Platz. Die nächsten Fälle konnten nicht mehr richtig angehört und behandelt werden. Ständig gab es Zwischenrufe, die forderten, man möge den Fremden sogleich vorführen.

»Über solch einen Fall kann ich nicht richten«, verwahrte sich Elia. »Das ist Sache der Behörden von Akbar.«

»Was wollen die Assyrer hier eigentlich?« rief einer. »Sehen die denn nicht, daß wir hier seit vielen Generationen in Frieden leben?«

»Warum wollen sie unser Wasser haben?« rief ein anderer. »Warum bedrohen sie unsere Stadt?«

Seit Monaten wagte niemand mehr, öffentlich über die Anwesenheit des Feindes zu sprechen. Obwohl alle sahen, wie die Zelte am Horizont immer mehr wurden, obwohl die Kaufleute drängten, die Friedensverhandlungen sofort zu beginnen, weigerte sich das Volk von Akbar zu glauben, daß ihnen eine Invasion drohte. Kriege – vereinzelte harmlose Scharmützel mit unbedeutenden Stämmen ausgenommen – gab es nur in der Erinnerung der Priester. Sie sprachen von einem Land namens Ägypten, in dem es Pferde und Kampfwagen und Götter in Tiergestalt gab. Doch dies war alles vor langer Zeit geschehen, Ägypten war kein bedeutendes Land mehr, und die dunkelhäutigen Krieger mit ihrer fremdartigen Sprache waren in ihre Heimat zurückgekehrt. Jetzt beherrschten die Bewohner von Tyrus und Sidon die Meere und dehnten ihr Reich auf die ganze Welt aus; obwohl sie erfahrene Krieger waren, hatten sie eine neue Art des Kampfes entdeckt: den Handel.

»Warum sind sie so erregt?« fragte der Stadthauptmann Elia.

»Weil sie begreifen, daß sich etwas verändert hat. Ihr wißt genausogut wie ich, daß die Assyrer nun jeden Augenblick angreifen können. Ihr wißt genausogut wie ich, daß uns der Kommandant in bezug auf die Stärke der feindlichen Truppen die ganze Zeit belogen hat.«

»Aber er wird doch nicht so verrückt sein, dies jemandem zu erzählen. Er würde Panik hervorrufen.«

»Jeder Mensch spürt, wann er in Gefahr ist. Er reagiert ganz eigen darauf, er hat Vorahnungen, fühlt, daß etwas in der Luft liegt. Und er versucht, sich etwas vorzumachen, weil er nicht glaubt, der Situation gewachsen zu sein. Bis eben noch haben alle versucht, sich etwas vorzumachen, doch irgendwann kommt der Augenblick, in dem man der Wahrheit ins Gesicht blicken muß.«

Der Priester kam heran.

»Laßt uns zum Palast gehen und den Rat von Akbar einberufen. Der Kommandant ist schon auf dem Weg.«

»Tut es nicht«, flüsterte Elia dem Stadthauptmann warnend zu. »Sie werden Euch zwingen zu tun, was Ihr nicht wollt.«

»Laßt uns gehen«, sagte der Priester zum zweiten Mal. »Ein Spion wurde gefangen, und es müssen dringende Maßnahmen getroffen werden.«

»Laß ihn vor dem Volke richten«, flüsterte Elia. »Sie werden Euch helfen, denn sie wollen den Frieden, obwohl sie den Krieg fordern.«

»Bringt diesen Mann hierher«, verlangte der Stadthauptmann. Die Menge brach in Freudengeschrei aus. Zum ersten Mal würden sie eine Sitzung des Rates erleben.

»Das können wir nicht tun!« sagte der Priester. »Dies ist

eine heikle Angelegenheit, die in Ruhe vonstatten gehen muß.«

Einige Buhrufe. Viele Protestrufe.

»Bringt ihn hierher«, wiederholte der Stadthauptmann. »Und ihm wird hier inmitten des Volkes der Prozeß gemacht werden. Wir arbeiten alle zusammen daran, Akbar zu einer blühenden Stadt zu machen – und wir werden gemeinsam über das befinden, was uns bedroht.«

Der Beschluß wurde mit Applaus begrüßt. Eine Gruppe von Soldaten aus Akbar näherte sich, die einen blutüberströmten, halbnackten Mann mit sich schleppten. Er mußte zuvor heftig geschlagen worden sein.

Der Lärm verstummte, und eine drückende Stille legte sich auf das Publikum, unterbrochen nur vom Grunzen der Schweine und vom Lachen der Kinder, die am anderen Ende des Platzes spielten.

»Warum habt Ihr das mit dem Gefangenen gemacht?« herrschte der Stadthauptmann sie an.

»Er hat sich gewehrt«, antwortete einer der Wächter. »Er sagte, er sei kein Spion, sondern hierhergekommen, um mit Euch zu sprechen.«

Der Stadthauptmann ließ drei Stühle aus seinem Palast bringen. Seine Diener brachten den Richtermantel, den er anlegte, wenn der Rat von Akbar zusammentrat.

Er und der Priester setzten sich. Der dritte Stuhl war für den Kommandanten bestimmt.

»Hiermit erkläre ich feierlich das Gericht von Akbar für eröffnet. Die Ältesten mögen näher treten.«

Eine Gruppe betagter Männer trat zu den beiden und stellte sich im Halbkreis hinter die drei Stühle. Das war der

Ältestenrat. Einstmals war ihr Ratschluß befolgt worden, inzwischen jedoch war ihre Rolle rein formell und bestand darin, die Entscheidungen des Stadthauptmanns zu bestätigen.

Der Stadthauptmann brachte zuerst die rituellen Formalitäten hinter sich – die Götter vom Fünften Berg wurden angerufen, die Namen der legendären Helden von Akbar feierlich verlesen –, dann wandte er sich an den Gefangenen.

»Was wollt Ihr?« fragte er.

Der Gefangene gab keine Antwort, musterte ihn nur unverhohlen, wie von gleich zu gleich.

»Was wollt Ihr?« beharrte der Stadthauptmann.

Der Priester berührte seinen Arm.

»Wir brauchen einen Dolmetscher. Er spricht unsere Sprache nicht.«

Einer der Wächter wurde beauftragt, einen Kaufmann zu holen, der für sie dolmetschen sollte. Die Kaufleute nahmen nie an Elias Sitzungen teil, da sie zu sehr mit ihren Geschäften beschäftigt waren und damit, ihren Gewinn zu zählen.

Während sie warteten, flüsterte der Priester dem Stadthauptmann zu:

»Sie haben den Gefangenen geschlagen, weil sie sich fürchteten. Erlaubt, daß ich diese Verhandlung führe, und sagt nichts. Panik macht nur alle aggressiv, und wenn wir nicht die nötige Autorität zeigen, könnte uns die Situation entgleiten.«

Der Stadthauptmann schwieg. Auch er fürchtete sich. Er suchte Elia mit den Augen, doch von dort, wo er saß, konnte er ihn nicht sehen.

Ein Kaufmann wurde gewaltsam von einem Wächter herbeigeführt. Er beschwerte sich beim Gericht, er sei sehr beschäftigt und könne hier nicht seine Zeit vertun. Doch der Priester blickte ihn nur streng an und gebot ihm, ruhig zu sein und das Gespräch zu übersetzen.

»Was wollt Ihr hier?« fragte der Stadthauptmann.

»Ich bin kein Spion«, sagte der Mann. »Ich bin einer der Generäle des Heeres. Ich bin gekommen, um mit Euch zu sprechen.«

Das Publikum, das zuerst totenstill gewesen war, begann hemmungslos zu schreien, sobald der Satz übersetzt worden war. Sie bezichtigten den Assyrer der Lüge und forderten die sofortige Todesstrafe.

Der Priester bat um Ruhe und wandte sich an den Gefangenen.

»Was wolltet Ihr bereden?«

»Es heißt, der Stadthauptmann sei ein weiser Mann«, sagte der Assyrer. »Wir wollen diese Stadt nicht zerstören. Wir sind an Tyrus und Sidon interessiert. Doch Akbar liegt auf halbem Weg und kontrolliert dieses Tal. Wenn wir kämpfen müssen, werden wir Zeit und Männer verlieren. Ich bin gekommen, um einen Vertrag abzuschließen.«

›Der Mann spricht die Wahrheit‹, dachte Elia. Er bemerkte, daß er von einer Gruppe Soldaten umzingelt war, die ihm die Sicht auf die Stelle versperrten, an der der Stadthauptmann saß. »Er denkt genau wie wir. Der Herr hat ein Wunder getan und wird dieser gefährlichen Lage ein Ende bereiten.«

Der Priester erhob sich und rief dem Volk zu:

»Seht ihr? Sie wollen uns kampflos vernichten!«

»Fahrt fort«, sagte der Stadthauptmann.

Wieder schaltete sich der Priester ein:

»Unser Stadthauptmann ist ein guter Mann, der kein Blut vergießen will. Doch wir befinden uns im Krieg, und der Gefangene, der hier vor euch steht, ist ein Feind!«

»Er hat recht!« schrie jemand aus dem Publikum.

Elia merkte, daß er sich geirrt hatte. Der Priester wiegelte das Publikum auf, während der Stadthauptmann nur Recht sprechen wollte. Er versuchte sich zu nähern – doch ein Soldat stieß ihn an und packte ihn am Arm.

»Ihr wartet hier. Schließlich war das ja Eure Idee.«

Elia blickte sich um: Es war der Kommandant, und er lächelte.

»Wir können auf Euren Vorschlag nicht eingehen«, fuhr der Priester fort, während er sein Gefühl in Gesten und Worte fließen ließ. »Wenn wir uns zu Verhandlungen bereit erklären, zeigen wir nur, daß wir Angst haben. Und das Volk von Akbar ist mutig. Es kann jeder Invasion widerstehen.«

»Dieser Mann will Frieden«, sagte der Stadthauptmann, indem er sich an die Menge wandte.

Jemand sagte:

»Die Kaufleute wollen Frieden. Die Priester wollen Frieden. Die Regierenden verwalten den Frieden. Doch das Heer will nur eins: Krieg!«

»Seht ihr denn nicht, daß wir der religiösen Bedrohung durch Israel ohne Krieg begegnen?« rief der Stadthauptmann aus. »Wir schicken keine Soldaten, keine Schiffe, sondern Isebel. Jetzt beten sie Baal an, ohne daß wir einen einzigen Mann an der Kriegsfront opfern mußten.«

»Die Assyrer haben keine schöne Frau geschickt, sondern ihre Krieger!« rief der Priester noch lauter.

Das Volk verlangte den Tod des Assyrers. Da packte der Stadthauptmann den Priester am Arm.

»Setzt Euch«, sagte er. »Ihr geht zu weit.«

»Die Idee mit dem öffentlichen Richtspruch war Eure Idee. Oder besser gesagt, die Idee des verräterischen Israeliten, der hier anstelle des Stadthauptmanns von Akbar zu bestimmen scheint.«

»Um ihn kümmere ich mich später. Jetzt müssen wir erfahren, was der Assyrer will. Viele Generationen hindurch haben die Menschen versucht, ihren Willen mit Gewalt durchzusetzen. Sie sagten, was sie wollten, es war ihnen gleichgültig, was das Volk dachte, und alle diese Reiche wurden am Ende zerstört. Unser Volk ist gewachsen, weil es gelernt hat zuzuhören. Indem wir hörten, was der andere wollte, und alles daransetzten, um es ihm zu verschaffen, haben wir den Handel entwickelt. Und das Ergebnis ist der Gewinn.«

Der Priester wiegte das Haupt.

»Eure Worte erscheinen weise, doch gerade dadurch sind sie gefährlich. Wenn Ihr Unsinn geredet hättet, wäre es einfach zu beweisen, daß Ihr Unrecht habt. Doch Eure Behauptungen sind irreführend.«

Nun mischten sich die Leute in der ersten Reihe in den Streit ein. Bis zu jenem Augenblick hatte der Stadthauptmann immer auf die Meinung des Rates gehört, und Akbar hatte einen ausgezeichneten Ruf. Tyrus und Sidon hatten Botschafter geschickt, die sich ansehen sollten, wie die Stadt verwaltet wurde. Sein Name kam sogar dem König zu

Ohren, und mit ein wenig Glück würde er seine Tage als Minister bei Hofe beenden.

Seine Autorität war öffentlich in Frage gestellt worden, und wenn er sich nicht wehrte, verlöre er die Achtung des Volkes und könnte dann wichtigere Entscheidungen erst recht nicht durchsetzen.

»Fahrt fort«, sagte er zum Gefangenen; geflissentlich übersah er die wütenden Blicke des Priesters und befahl dem Dolmetscher, seine Frage zu übersetzen.

»Ich bin gekommen, um Euch einen Handel vorzuschlagen«, sagte der Assyrer. »Ihr laßt uns durchziehen und wir werden gegen Tyrus und Sidon marschieren. Wenn diese Städte geschlagen sind – und das werden sie ganz sicher, weil der größte Teil ihrer Krieger sich auf den Schiffen befindet und sich um den Handel kümmert –, werden wir uns Akbar gegenüber großzügig zeigen. Und werden Euch als Stadthauptmann belassen.«

»Seht Ihr?« sagte der Priester und erhob sich wieder. »Sie denken, unser Stadthauptmann würde die Ehre Akbars für ein Amt aufs Spiel setzen!«

Ein zorniges Murren ging durch die Menge. Dieser halbnackte, verwundete Gefangene wollte ihnen seinen Willen aufzwingen! Ein geschlagener Mann schlug der Stadt vor, sich zu ergeben! Einige Männer erhoben sich und bewegten sich drohend auf ihn zu. Die Wachen hatten alle Mühe, sie in ihre Schranken zu weisen.

»Wartet!« sagte der Stadthauptmann und versuchte, die anderen zu überschreien. »Vor uns steht ein schutzloser Mann, der uns keine angst machen kann. Wir haben ein ausgezeichnet gerüstetes Heer und tapfere Krieger. Wir müssen niemandem etwas beweisen. Wenn wir beschließen zu kämpfen, gewinnen wir die Schlacht auch, doch nur unter großem Verlust.«

Elia schloß die Augen und betete darum, daß es dem Stadthauptmann gelingen möge, das Volk zu überzeugen.

»Unsere Vorfahren haben uns vom ägyptischen Großreich erzählt. Doch diese Zeit ist längst vorbei«, fuhr er fort. »Jetzt kehren wir ins Goldene Zeitalter zurück. Warum sollten wir mit dieser Tradition brechen? Die modernen Kriege werden auf der Ebene des Handels geführt und nicht mehr auf den Schlachtfeldern.«

Ganz allmählich beruhigte sich die Menge. Es sah aus, als hätte der Stadthauptmann es geschafft. Als der Lärm verebbte, wandte er sich an den Assyrer.

»Was Ihr vorschlagt, reicht nicht. Ihr müßt die Steuern zahlen, die auch die Kaufleute zahlen, wenn sie durch unser Land ziehen.«

»Glaubt mir, Stadthauptmann: Ihr habt keine Wahl«, entgegnete der Gefangene. »Wir haben genügend Männer, um diese Stadt dem Erdboden gleich zu machen und alle Bewohner zu töten. Ihr lebt seit langem schon im Frieden und wißt nicht mehr, wie man kämpft, während wir gerade die Welt erobern.«

Das zornige Murren schwoll wieder an. ›Jetzt nur keine Unsicherheit zeigen‹, hoffte Elia inständig. Doch es war schwierig, mit dem Assyrer zu verhandeln, der selbst als Gefangener noch seine Bedingungen stellte. Ständig kamen mehr Menschen herbei. Elia bemerkte, daß die Kaufleute ihre Arbeit liegenlassen und sich zu den Zuschauern gesellt hatten; besorgt verfolgten sie, wie sich die Dinge entwikkelten. Der Prozeß hatte eine gefährliche Wendung genommen. Der Stadthauptmann konnte nicht länger warten, er mußte sich entscheiden, entweder für Verhandlungen oder für einen Todesspruch.

Die Zuschauer begannen sich zu spalten. Die einen waren für den Frieden, die anderen dafür, hart zu bleiben. Der Stadthauptmann flüsterte dem Priester zu: »Dieser Mann hat mich öffentlich herausgefordert. Ihr aber auch.«

Der Priester wandte sich an ihn. Und leise, so daß ihn niemand hören konnte, verlangte er, den Assyrer unverzüglich zum Tode zu verurteilen.

»Ich bitte nicht darum, ich befehle es. Damit das klar ist: Ich bin es, der Euch an der Macht hält, und ich kann Euch jederzeit entmachten, verstanden? Ich kenne die Opfer, die den Zorn der Götter besänftigen können, wenn wir gezwungen sind, die regierende Familie durch eine andere zu ersetzen. Im übrigen wäre es nicht das erste Mal. Selbst in Ägypten, einem Reich, das Tausende von Jahren gedauert hat, gab es viele Fälle, in denen eine Dynastie von einer anderen abgelöst wurde. Dennoch blieb die Ordnung des Universums erhalten und ist die Sonne am nächsten Morgen wieder aufgegangen.«

Der Stadthauptmann erblaßte.

»Der Kommandant befindet sich mit einigen seiner Soldaten unter den Zuhörern. Wenn Ihr weiter darauf besteht, mit diesem Mann zu verhandeln, werde ich allen sagen, daß die Götter Euch verlassen haben. Und Ihr werdet abgesetzt. Wir werden den Prozeß weiterführen. Und Ihr werdet genau das tun, was ich Euch sage.«

Hätte er Elia sehen können, wäre dem Stadthauptmann ein letzter Ausweg geblieben: Er hätte den israelitischen Propheten gebeten, von dem Engel zu erzählen, der ihm auf dem Gipfel des Fünften Berges begegnete, und an das Wunder der Auferstehung des Sohnes der Witwe zu erinnern. Dann stünden die Worte Elias, der schon bewiesen hatte, daß er Wunder tun konnte, gegen die Worte eines Mannes, der noch nie irgendeine Art übernatürlicher Kraft gezeigt hatte.

Doch Elia hatte ihn verlassen, und er hatte nun keine andere Wahl. Zudem war dieser hier nur ein Gefangener – und keine Armee der Welt beginnt einen Krieg, weil einer ihrer Generäle getötet wurde.

»Ihr habt gewonnen«, sagte er zum Priester. Eines Tages würde er im Gegenzug etwas für sich aushandeln.

Der Priester nickte. Das Urteil wurde sofort ausgesprochen.

»Niemand fordert Akbar heraus«, sagte der Stadthauptmann. »Und niemand kommt ohne die Genehmigung der Bürger in unsere Stadt. Ihr habt es versucht und seid zum Tode verurteilt.«

Dort, wo er sich befand, senkte Elia den Blick. Der Kommandant lächelte.

Der Gefangene wurde zu einem Brachland an der Stadtmauer gebracht. Dort rissen sie ihm, was ihm noch von seinen Kleidern geblieben war, vom Leibe und ließen ihn nackt dastehen. Einer der Soldaten stieß ihn in eine Boden-senke. Das Volk scharte sich um das Loch, und alle drängel-ten und rempelten sich gegenseitig an, um besser sehen zu können.

»Ein Soldat trägt seine Kriegskleidung voller Stolz und macht sich damit für seinen Feind sichtbar, weil er Mut be-sitzt. Ein Spion verkleidet sich als Frau, weil er ein Feigling ist«, rief laut der Stadthauptmann, damit alle ihn hören konnten. »Deshalb verurteile ich dich zu einem ehrlosen Tod.«

Das Volk buhte den Gefangenen aus und applaudierte dem Stadthauptmann.

Der Gefangene sagte etwas, doch der Dolmetscher war nicht mehr in der Nähe, und niemand konnte ihn verstehen. Elia gelang es, sich einen Weg durch die Menge zu bahnen und in die Nähe des Stadthauptmanns zu gelangen – doch es war bereits zu spät. Er zog ihn am Gewand, wurde aber gewaltsam zurückgestoßen.

»Es ist Eure Schuld. Ihr wolltet einen öffentlichen Richt-spruch.«

»Es ist Eure Schuld«, sagte Elia. »Selbst wenn der Rat von Akbar heimlich zusammengetreten wäre, hätten der Kom-mandant und der Priester getan, was sie wollten. Ich war während des gesamten Prozesses von Wachen umstellt. Es war alles von langer Hand geplant.«

Im allgemeinen oblag es dem Priester zu bestimmen, wie lange die Qualen dauern sollten. Er bückte sich, ergriff einen Stein und reichte ihn dem Stadthauptmann: Er war weder so groß, daß er zu einem schnellen Tod führte, noch so klein, daß er das Leiden lange hinauszögern würde.

»Ihr zuerst.«

»Ihr zwingt mich«, sagte der Stadthauptmann so leise, daß nur der Priester ihn hören konnte. »Aber ich weiß, daß dies der falsche Weg ist.«

»All die Jahre habt Ihr mich gezwungen, harte Entscheidungen zu treffen, während Ihr die Entscheidungen fälltet, die dem Volk gefielen«, gab der Priester ebenso leise zurück. »Ich mußte mich mit meinen Zweifeln und Schuldgefühlen herumschlagen und hatte schlaflose Nächte, in denen mich die Schatten der möglicherweise zu Unrecht Verurteilten heimsuchten. Doch eben weil ich nie feige war, ist Akbar heute eine Stadt, die alle Welt beneidet.«

Die Leute sammelten Steine auf, alle ungefähr gleich groß wie der des Stadthauptmanns. Eine Zeitlang hörte man nur das Klacken der gegeneinander schlagenden Steine und Felsbrocken. Der Priester fuhr fort:

»Es mag eine Fehlentscheidung von mir sein, diesen Mann zum Tod zu verurteilen. Doch was die Ehre unsrer Stadt betrifft, habe ich keine Zweifel. Wir sind keine Feiglinge.«

Der Stadthauptmann hob die Hand und warf den Stein. Der Gefangene duckte sich. Die Menge schrie auf. Dann regnete es Steine von allen Seiten.

Der Mann versuchte, sein Gesicht mit den Armen zu schützen, und die Steine trafen seine Brust, seinen Rücken, seinen Magen. Der Stadthauptmann wollte gehen: Er hatte schon öfter Steinigungen beigewohnt und wußte, daß der Tod langsam und schmerzvoll sein würde, daß das Gesicht zu einem Brei aus Knochen, Haar und Blut werden würde und daß die Leute auch dann noch weiter Steine werfen würden, wenn der Körper längst leblos dalag.

In wenigen Minuten würde der Gefangene aufgeben und die Arme senken. War er in seinem Leben ein guter Mensch gewesen, so würden die Götter einen Stein so lenken, daß dieser seine Stirn traf und er ohnmächtig umsank. War er ein grausamer Mensch gewesen, so bliebe er bis zur letzten Minute bei Bewußtsein.

Die Menge schrie, wurde immer grausamer, warf die Steine immer heftiger, und der Verurteilte versuchte sie so gut wie möglich abzuwehren. Dann plötzlich breitete er die Arme aus und sprach in einer Sprache, die alle verstehen konnten und mitten in ihrer Bewegung innehalten ließ:

»Es lebe Assyrien!« rief er. »Jetzt blicke ich zu meinem Volk und sterbe froh, weil ich als General sterbe, der versucht hat, das Leben seiner Krieger zu retten. Die Götter werden mich bei sich aufnehmen, und ich sterbe im Vertrauen darauf, daß wir diese Erde erobern werden!«

»Seht Ihr?« sagte der Priester. »Er hat unser ganzes Gespräch und unsere ganze Verhandlung mit angehört!«

Der Stadthauptmann mußte ihm recht geben. Der Mann sprach ihre Sprache und wußte jetzt, daß im Rat von Akbar Uneinigkeit herrschte.

»Ich bin nicht in der Hölle, weil das Angesicht meines Landes mir Würde und Kraft verleiht. Das Angesicht meines Landes gibt mir Freude! Es lebe Assyrien!« schrie der Verurteilte abermals.

Nachdem das Volk sich von seinem Schrecken erholt hatte, setzte der Steinhagel wieder ein. Der Mann hielt die Arme ausgebreitet, schützte sich nicht mehr – er war ein tapferer Krieger. Sekunden später erbarmten sich die Götter, ein Stein traf ihn an der Stirn, und er wurde ohnmächtig.

»Wir können jetzt gehen«, sagte der Priester. »Das Volk von Akbar wird seine Aufgabe zu Ende bringen.«

Elia ging nicht zum Haus der Witwe zurück, sondern hinaus in die Wüste, in der er ziellos umherwanderte.

»Der Herr hat nichts getan«, sagte er zu den Pflanzen und Felsen. »Und er hätte etwas tun können.«

Er bereute seine Entscheidung, weil er meinte, daß seinetwegen schon wieder jemand sterben mußte. Wäre er auf den Vorschlag des Priesters eingegangen, den Rat von Akbar hinter verschlossenen Türen tagen zu lassen, hätte der Stadthauptmann ihn mitnehmen können. Sie wären dann gegen den Priester und den Kommandanten zwei gegen zwei gewesen. Sie hätten wohl immer noch wenig Chancen gehabt, sich durchzusetzen, aber doch mehr als bei einem öffentlichen Richtspruch. Schlimmer noch: Es hatte ihn beeindruckt, wie der Priester die Menge angesprochen und gelenkt hatte. Was der Priester gesagt hatte, gefiel ihm gar nicht, zumal er in ihm jemanden vor sich hatte, der die Massen gefügig zu machen wußte. Er würde versuchen, sich das Schauspiel in allen Einzelheiten einzuprägen, damit er es präsent hätte, wenn er dereinst nach Israel zurückkehrte und dem König und seiner Königin gegenüberstand.

Ziellos wanderte Elia weiter, blickte auf die Berge, zur Stadt und hinaus zum Feldlager der Assyrer. Er war nur ein Punkt in diesem Tal, und um ihn herum breitete sich eine unendliche Welt, so groß und weit, daß er ein Leben lang unterwegs sein und doch nie ans Ende gelangen könnte. Seine Freunde wie auch seine Feinde verstanden vielleicht die Welt, in der sie lebten, besser. Sie konnten in ferne Länder reisen, unbekannte Meere befahren, mit gutem Gewissen eine Frau lieben. Keiner von ihnen hörte noch die Engel der Kindheit oder kämpfte gar im Namen des Herrn. Sie lebten in der Gegenwart und waren glücklich dabei.

Er war auch nur ein Mensch wie alle anderen – und in diesem Augenblick, da er durch das Tal wanderte, wünschte er mehr denn je, die Stimme des Herrn und seiner Engel nie vernommen zu haben. Doch das Leben besteht nicht aus Wünschen, sondern aus den Taten eines jeden einzelnen. Wie oft hatte er schon versucht, seine Mission aufzugeben, und dennoch war er jetzt hier in der Wüste, weil der Herr es so wollte.

»Mein Gott, dabei könnte ich einfach nur Tischler sein und so Deinem Werk dienen.«

Doch Elia tat wie geheißen, und er trug schwer an dem sich abzeichnenden Krieg, an dem Massaker Isebels an den Propheten, der Steinigung des assyrischen Generals und an seiner Angst vor der Liebe zu einer Frau aus Akbar. Der Herr hatte ihn beschenkt, doch Elia wußte nicht, was er mit dem Geschenk anfangen sollte.

Dann, mitten im Tal, erschien das Licht. Es war nicht sein Schutzengel, den er sonst immer hörte und selten sah. Es war ein Engel des Herrn, der kam, um ihn zu trösten.

»Ich kann hier nichts mehr tun«, sagte Elia. »Wann werde ich nach Israel zurückkehren?«

»Wenn du gelernt hast, wieder aufzubauen«, antwortete der Engel. »Doch denk an das, was Gott Mose vor einem

Kampf gelehrt hat. Genieße jeden Augenblick, damit du später nichts bereust, noch das Gefühl hast, deine Jugend verloren zu haben. Denn sonst kommt es so:

Mit einem Mädchen wirst du dich verloben; aber ein anderer wird es sich nehmen. Ein Haus wirst du bauen; aber du wirst nicht darin wohnen. Einen Weinberg wirst du pflanzen, aber du wirst seine Früchte nicht genießen.

Gott gibt jedem Alter des Menschen die dazugehörigen Sorgen.«

Und Elia wanderte lange und versuchte zu begreifen, was er gehört hatte. Als er sich umdrehte, um zurück nach Akbar zu gehen, sah er die Frau, die er liebte, ganz in der Nähe vor dem Fünften Berg auf einem Stein sitzen.

›Was macht sie dort? Weiß sie etwa von dem Richtspruch, vom Todesurteil und von den Gefahren, die uns jetzt erwarten?‹

Er mußte sie unverzüglich warnen. Und er ging zu ihr.

Sie bemerkte ihn und winkte. Da waren die Worte des Engels wie weggewischt, denn Elias Unsicherheit kehrte schlagartig zurück. Er versuchte so zu tun, als sei er mit den Problemen der Stadt beschäftigt, damit sie nicht bemerkte, wie sehr sein Herz und sein Verstand verwirrt waren.

»Was macht Ihr hier?« fragte er, als er vor ihr stand.

»Ich kam, um ein wenig Inspiration zu suchen. Die Schrift, die ich lerne, ließ mich daran denken, wie die Täler, die Berge, die Stadt Akbar gezeichnet sind. Kaufleute haben mir Tusche in allen Farben gegeben, damit ich für sie schreibe. Jetzt will ich sie dazu verwenden, die Welt zu beschreiben, in der ich lebe, aber ich weiß, daß es schwierig ist: Obwohl ich alle Farben habe, kann nur der Herr sie so harmonisch mischen.«

Sie starrte auf den Fünften Berg. Sie war eine ganz andere Frau geworden, als die, die er wenige Monate zuvor beim Brennholzsammeln angetroffen hatte. Daß sie sich allein mitten in die Wüste wagte, flößte ihm Achtung und Vertrauen ein.

»Warum tragen alle Berge einen Namen, nur der Fünfte Berg nicht?« fragte Elia.

»Um keinen Streit zwischen den Göttern zu stiften«, antwortete sie. »Man sagte uns, wenn der Mensch diesen Berg nach einem bestimmten Gott benannt hätte, wären die anderen zornig geworden und hätten die Erde zerstört. Daher heißt er der Fünfte Berg, weil es der fünfte Berg ist, den wir jenseits der Mauern sehen. So ist keiner gekränkt – und das Universum bleibt unversehrt.«

Sie schwiegen eine Weile. Die Frau brach das Schweigen.

»Ich habe nicht nur über die Farben nachgedacht, sondern auch über die Gefahr der Byblos-Schrift. Sie könnte die phönizischen Götter und Gott unseren Herrn erzürnen.«

»Es gibt nur den Herrn«, unterbrach Elia. »Und alle zivilisierten Länder haben eine Schrift.«

»Die ist aber nicht überall dieselbe. Als Kind ging ich immer zum Marktplatz, um dem Wortemaler bei der Arbeit für die Kaufleute zuzusehen. Seine Zeichnungen, die auf der ägyptischen Schrift basierten, verlangten viel Wissen und Können. Jetzt befindet sich das alte, mächtige Ägypten im Niedergang, hat kein Geld mehr, um irgend etwas zu kaufen, und niemand benutzt mehr seine Schrift. Die Seefahrer von Tyrus und Sidon verbreiten die Schrift von Byblos auf der ganzen Welt. Die heiligen Worte und Zeremonien können auf Tontafeln geschrieben und von Land zu Land weitergereicht werden. Was wird aus der Welt, wenn skrupellose Menschen beginnen, die Rituale zu benutzen, um ins Universum einzugreifen?«

Elia begriff, was die Frau sagen wollte. Die Schrift von Byblos beruhte auf einem einfachen System: Man brauchte nur die ägyptischen Zeichnungen in Laute umzuwandeln und dann jedem Laut einen Buchstaben zuzuweisen. Brachte man dann die Buchstaben in eine Ordnung, konnte man alle nur möglichen Laute schaffen und alles beschreiben, was es im Universum gab.

Einige dieser Laute waren schwer auszusprechen. Die Schwierigkeit wurde von den Griechen gemeistert, die den 22 Buchstaben noch 5 hinzufügten, die sie Vokale nannten. Sie nannten das Ganze dann Alphabet.

Dies vereinfachte die Handelsbeziehungen zwischen den unterschiedlichen Kulturen. Das ägyptische System verlangte viel Platz und Geschicklichkeit, um die Gedanken zu zeichnen, und zudem ein großes Wissen, um sie zu deuten. Es war den eroberten Völkern aufgezwungen worden, hatte indes den Niedergang des Reiches nicht überdauert. Das System von Byblos hingegen breitete sich in der Welt rasch aus, und seine Anwendung war nicht mehr von der Handelsmacht Phöniziens abhängig.

Die Methode von Byblos mit ihrer griechischen Anpassung gefiel den Kaufleuten der verschiedenen Völker. Seit undenklichen Zeiten waren sie es, die darüber entschieden, was in der Geschichte überliefert wurde oder was mit dem Tode eines Königs oder einer bestimmten Persönlichkeit verschwinden sollte. Alles wies darauf hin, daß die phönizische Erfindung sich bei den Kaufleuten weltweit durchsetzen und daß sie Seefahrer, Könige, verführerische Prinzessinnen, Weinproduzenten und Glasbläsermeister überleben würde.

»Wird Gott aus den Worten verschwinden?« fragte die Frau.

»Er wird in ihnen bleiben«, antwortete Elia. »Doch jeder Mensch wird Ihm gegenüber für alles verantwortlich sein, was er schreibt.«

Sie zog eine Tontafel mit etwas Geschriebenem darauf aus ihren Kleidern.

»Was bedeutet das?« fragte Elia.

»Das ist das Wort *Liebe*.«

Elia hielt die Tafel in den Händen und wagte nicht, sie zu fragen, warum sie sie ihm gegeben hatte. Auf diesem Stück Ton faßten einige Striche den Grund dafür zusammen, daß die Sterne weiterhin am Himmel standen und die Menschen auf Erden wandelten.

Er wollte sie ihr zurückgeben, doch sie lehnte ab.

»Ich habe es für Euch geschrieben. Ich weiß um Eure Aufgabe, weiß, daß Ihr eines Tages gehen müßt und zu einem Feind meines Landes werdet, denn Ihr wollt Isebel vernichten. An diesem Tag werde ich vielleicht an Eurer Seite stehen, Euch unterstützen und helfen, damit Ihr Eure Aufgabe erfüllen könnt. Oder vielleicht kämpfe ich auch gegen Euch, weil das Blut Isebels auch das Blut meiner Väter ist. Dieses Wort, das Ihr jetzt in Händen haltet, ist voller Geheimnisse. Niemand weiß, was es im Herzen einer Frau weckt – nicht einmal die Propheten, die mit Gott reden.«

»Ich kenne das Wort, das Ihr geschrieben habt«, sagte Elia, indem er die Tafel im Saum seines Gewandes verwahrte. »Ich habe Tag und Nacht dagegen gekämpft, denn wenn ich auch nicht weiß, was es im Herzen einer Frau weckt, so weiß ich wohl, was es einem Mann tun kann. Ich habe genügend Mut, um den König von Israel herauszufordern, die Prinzessin von Sidon, den Rat von Akbar, doch dieses eine Wort – *Liebe* – erschreckt und verstört mich zutiefst. Noch ehe Ihr es auf die Tafel gezeichnet habt, haben Eure Augen es schon in mein Herz geschrieben.«

Die beiden schwiegen. Da war der Tod des Assyrers, eine angespannte Stimmung in der Stadt, der Ruf des Herrn konnte jeden Augenblick erfolgen. Doch das Wort, das sie geschrieben hatte, war mächtiger als alles.

Elia streckte seine Hand aus, und sie hielt sie fest. Sie blieben so sitzen, bis die Sonne sich hinter dem Fünften Berg verbarg.

»Danke«, sagte sie auf dem Rückweg. »Ich habe lange schon einen Abend mit dir verbringen wollen.«

Als sie zu Hause ankamen, erwartete sie ein Bote des Stadthauptmanns. Er bat Elia, umgehend mitzukommen.

»Ihr habt meine Unterstützung mit Feigheit heimgezahlt«, sagte der Stadthauptmann. »Was soll ich mit Euch anfangen?«

»Ich werde keine Sekunde länger leben, als der Herr es wünscht«, antwortete Elia. »Er entscheidet darüber, nicht Ihr.«

Der Stadthauptmann bewunderte Elias Mut.

»Ich könnte Euch jetzt enthaupten lassen. Oder durch die Straßen der Stadt schleifen lassen und verbreiten, Ihr hättet einen Fluch über unser Volk gebracht«, sagte er. »Und es wäre nicht der Beschluß Eures Einzigen Gottes.«

»Was meinem Schicksal vorbestimmt ist, wird geschehen. Doch ich möchte, daß Ihr wißt, daß ich nicht geflohen bin. Die Soldaten des Kommandanten haben mich von Euch ferngehalten. Er will den Krieg und setzt alles daran, daß er stattfindet.«

Der Stadthauptmann beschloß, keine Zeit mehr mit dieser nutzlosen Diskussion zu vertun. Er mußte dem israelitischen Propheten seinen Plan erklären.

»Nicht der Kommandant will den Krieg: Als guter Soldat weiß er, daß sein Heer kleiner, ungeübter ist und vom Feind vernichtet wird. Als Ehrenmann weiß er, daß er Gefahr läuft, eine Schande für seine Nachkommen zu sein. Doch Stolz und Eitelkeit haben sein Herz verhärtet. Er glaubt, der Feind habe Angst. Er weiß nicht, daß die assyrischen Krieger gut trainiert sind: Sobald sie ins Heer eintreten, pflanzen sie einen Baum, und jeden Tag springen sie über die Stelle, an der der Same liegt. Der Same keimt, und sie springen darüber. Der Keim wird zu einer Pflanze, und sie springen weiter darüber. Sie finden das weder langweilig noch eine Zeitverschwendung. Ganz allmählich wächst der Baum – und die Krieger springen immer noch höher. Sie bereiten sich geduldig und eifrig auf die Hindernisse vor. Sie sind Herausforderungen gewohnt. Sie beobachten uns seit Monaten.«

Elia unterbrach den Stadthauptmann.

»Wer will diesen Krieg?«

»Der Priester. Ich habe das während der Gerichtsverhandlung über den assyrischen Gefangenen bemerkt.«

»Warum?«

»Ich weiß es nicht. Aber er brachte es fertig, den Kommandanten und das Volk zu überzeugen. Jetzt ist die ganze Stadt auf seiner Seite, und ich sehe nur einen Ausweg für uns.«

Er machte eine lange Pause und blickte dem Israeliten fest in die Augen.

»Euch.«

Der Stadthauptmann ging erregt auf und ab, während er weitersprach:

»Die Kaufleute wollen auch den Frieden, doch sie können nichts tun. Außerdem sind sie inzwischen reich genug, um sich in eine andere Stadt abzusetzen oder ruhig abzuwarten, bis die Eroberer ihre Waren kaufen. Der Rest der Bevölkerung hat den Verstand verloren und verlangt, daß wir einen unendlich überlegenen Feind angreifen. Das einzige, was sie dazu bringen könnte, ihre Meinung zu ändern, wäre ein Wunder.«

Elia zuckte zusammen.

»Ein Wunder?«

»Ihr habt den Jungen wiedererweckt, den der Tod schon mit sich genommen hatte. Ihr habt dem Volk geholfen, seinen Weg zu finden, und, obwohl Ihr fremd seid, haben Euch fast alle gern.«

»So war es bis heute morgen«, sagte Elia. »Doch nun hat sich alles geändert. Bei der jetzigen Stimmung wird jeder, der dem Frieden das Wort redet, als Verräter dastehen.«

»Ich verlange nicht, daß Ihr für den Frieden eintretet. Ich will, daß Ihr ein Wunder tut, das genauso groß ist wie die Erweckung des Jungen. Dann werdet Ihr dem Volk sagen, daß der Friede der einzige Ausweg ist, und es wird auf Euch hören. Der Priester wird die Macht verlieren, die er jetzt hat.«

Und nach einem Schweigen fuhr der Stadthauptmann fort:

»Ich bin bereit, eine Abmachung mit Euch zu treffen: Wenn Ihr tut, um was ich Euch bitte, wird die Religion des Einzigen Gottes in Akbar Staatsreligion. Ihr werdet dem, dem Ihr dient, gefallen, und ich werde die Bedingungen für einen Frieden aushandeln können.«

Elia stieg in das Obergeschoß hinauf, wo sein Zimmer lag. Er hatte jetzt eine einmalige Gelegenheit, wie vor ihm nie ein Prophet: eine phönizische Stadt zu bekehren. Schmerzlicher konnte er Isebel nicht büßen lassen für all das, was sie seinem Land antat.

Der Vorschlag des Stadthauptmanns wollte ihm nicht aus dem Sinn. Er dachte sogar daran, die Frau zu wecken, die unten schlief, doch er überlegte es sich anders. Sie träumte sicher vom schönen Tagesausklang, den sie zusammen verbracht hatten.

Er rief seinen Engel an. Und der erschien.

»Ihr habt den Vorschlag des Stadthauptmanns gehört«, sagte Elia. »Das ist eine einmalige Chance.«

»Nichts ist eine einmalige Chance«, entgegnete der Engel. »Der Herr gibt den Menschen viele Chancen. Bedenke zudem, was dir gesagt wurde: Kein Wunder ist dir erlaubt, bis du in deine Heimat zurückkehrst.«

Elia senkte den Kopf. In diesem Augenblick erschien der Engel des Herrn und hieß den Schutzengel schweigen. Und sagte:

»Dies hier wird dein nächstes Wunder sein: Du wirst das Volk vor dem Berg versammeln. Auf einer Seite laß einen Altar für Baal errichten. Ein Kalb soll ihm gegeben werden. Auf der anderen Seite errichte einen Altar für Gott, deinen Herrn, und auch auf ihn wirst du ein Kalb legen. Und du wirst zu den Anbetern von Baal sagen: Ruft den Namen eures Gottes an, ich werde den Namen des Herrn anrufen. Laß sie es zuerst tun. Und sie sollen den ganzen Morgen lang beten und flehen, Baal darum bitten, daß er herniederkommt, um zu empfangen, was ihm geopfert wird.

Sie werden laut beten und sich mit ihren Dolchen schneiden und bitten, daß das Kalb vom Gott angenommen werde. Doch nichts dergleichen wird geschehen.

Wenn sie es müde geworden sind, dann laß vier Gefäße mit Wasser füllen und gieße sie über dein Kalb. Du wirst dies ein zweites Mal tun. Und du wirst dies ein drittes Mal tun. Dann rufe den Gott Abrahams, Isaaks und Israels an und bitte ihn, daß Er allen Seine Macht zeige.

In diesem Augenblick wird der Herr das Feuer des Himmels schicken und Sein Opfer verbrennen.«

Elia kniete nieder und dankte.

»Allerdings«, fuhr der Engel fort, »kannst du dieses Wunder nur einmal in deinem Leben tun. Wähle, ob du es hier tun willst, um eine Schlacht zu vermeiden, oder ob du es in deinem Land tun willst, um die Deinen vor der Bedrohung durch Isebel zu befreien.«

Und der Engel des Herrn verschwand wieder.

Die Frau wachte früh auf und sah Elia auf der Schwelle des Hauses sitzen. Er sah übernächtigt aus.

Sie hätte ihn gern gefragt, was in der Nacht vorgefallen war, doch sie fürchtete seine Antwort. Vielleicht war das Gespräch mit dem Stadthauptmann der Grund für seine schlaflose Nacht. Doch vielleicht lag es auch an der Tontafel, die sie ihm gegeben hatte. Wenn sie daran rührte, lief sie Gefahr, daß er antwortete, die Liebe zu einer Frau sei nicht mit dem Ratschluß Gottes zu vereinbaren.

»Komm und iß etwas«, sagte sie nur.

Ihr Sohn wachte ebenfalls auf, und sie setzten sich zu dritt zu Tisch und aßen.

»Ich wäre gestern gern bei dir geblieben«, sagte Elia, »doch der Stadthauptmann brauchte mich.«

»Mach dir deswegen keine Sorgen«, sagte sie und spürte, wie sich ihr Herz beruhigte. »Seine Familie regiert Akbar schon seit Generationen, und er wird wissen, was er angesichts der Bedrohung zu tun hat.«

»Ich habe auch mit einem Engel gesprochen. Und er verlangte von mir eine sehr schwierige Entscheidung.«

»Du brauchst dir auch wegen der Engel keine Sorgen zu machen. Vielleicht ist es besser zu glauben, daß die Götter sich mit der Zeit ändern. Meine Großeltern beteten die ägyptischen Götter an, die Tiergestalt hatten. Diese Götter verschwanden, und, bis du kamst, wurde ich dazu erzogen, Astarte, El und Baal und allen Bewohnern des Fünften Berges zu opfern. Jetzt habe ich den Herrn kennengelernt, doch womöglich verläßt auch Er uns eines Tages. Und vielleicht sind die nächsten Götter weniger fordernd.«

Der Junge bat um etwas Wasser. Es gab keines.

»Ich hole welches«, sagte Elia.

»Ich möchte mit dir gehen«, bat der Junge.

Die beiden gingen zum Brunnen. Unterwegs kamen sie an dem Platz vorbei, auf dem der Kommandant seit dem frühen Morgen mit seinen Soldaten exerzierte.

»Laß uns ein wenig zuschauen«, sagte der Junge. »Ich werde auch Soldat sein, wenn ich groß bin.«

Elia blieb stehen.

»Wer von uns beiden kann das Schwert besser führen?« fragte ein Krieger.

»Geh zu dem Ort, an dem gestern der Spion gesteinigt wurde«, sagte der Kommandant. »Nimm einen richtig großen Stein und beschimpfe ihn.«

»Warum sollte ich das tun? Der Stein wird mir nicht antworten.«

»Dann greif ihn mit deinem Schwert an.«

»Mein Schwert wird zerbrechen«, sagte der Soldat. »Doch ich habe Euch nicht danach gefragt. Ich will wissen, wer von uns das Schwert am besten führt.«

»Der Beste ist der, der hart ist wie ein Stein«, antwortete der Kommandant. »Ohne die Klinge zu ziehen, gelingt es ihm zu beweisen, daß niemand ihn besiegen kann.«

›Der Stadthauptmann hat recht: Ihr seid weise, Kommandant‹, dachte Elia. ›Doch Eure Weisheit ist gegen Eitelkeit nicht gefeit.‹

Sie gingen weiter. Der Junge fragte, warum die Soldaten so viel übten.

»Nicht nur die Soldaten, auch deine Mutter und ich, alle, die ihrem Herzen folgen. Alles im Leben verlangt Übung.«

»Auch Prophet zu werden?«

»Auch, um die Engel zu verstehen. Wir sind so darauf aus, mit ihnen zu reden, daß wir nicht hören, was sie sagen. Zu hören ist nicht leicht. In unseren Gebeten versuchen wir immer zu sagen, wo wir einen Fehler gemacht haben und was wir uns wünschen. Doch der Herr weiß dies alles längst und bittet uns manchmal nur darum, zu hören, was uns das Universum sagt. Und daß wir geduldig sein sollen.«

Der Junge blickte erstaunt. Er schien nichts zu begreifen, dennoch hatte Elia das Bedürfnis, das Gespräch weiterzuführen. Vielleicht könnte ihm eines seiner Worte in einer schwierigen Lage helfen.

»Alle Schlachten im Leben dienen dazu, uns etwas zu lehren. Auch die, die wir verlieren. Wenn du größer bist, wirst du entdecken, daß du Lügen verteidigt, dich selbst getäuscht und wegen Nichtigkeiten gelitten hast. Wenn du ein guter Krieger bist, wirst du dich deswegen nicht schuldig fühlen. Aber du wirst denselben Fehler nicht noch einmal machen.«

Elia hielt inne. Ein Junge in dem Alter konnte unmöglich verstehen, was er sagte. Sie schlenderten weiter, und Elia betrachtete die Straßen der Stadt, die ihn aufgenommen hatte und jetzt kurz vor dem Untergang stand. Alles hing nur von ihm ab.

Akbar war stiller als gewöhnlich. Auf dem Hauptplatz redeten die Leute nur leise miteinander, als fürchteten sie, der Wind könnte ihre Worte bis zum Lager der Assyrer tragen. Die älteren versicherten, daß nichts geschehen würde, die jungen waren von der Aussicht auf einen Kampf erregt, die Kaufleute und Handwerker erwogen, nach Tyrus oder Sidon zu gehen, bis sich die Lage beruhigt hätte.

›Sie können einfach weggehen‹, dachte er. ›Kaufleute können ihre Güter an jeden beliebigen Ort der Welt bringen. Handwerker können sogar dort arbeiten, wo man eine fremde Sprache spricht. Ich jedoch brauche die Erlaubnis des Herrn.‹

Sie gelangten zum Brunnen und füllten zwei Krüge mit Wasser. Für gewöhnlich war dieser Ort voller Menschen. Die Frauen kamen hier zum Waschen, Stoffefärben und Klatschen zusammen. Kein Geheimnis konnte gewahrt bleiben, wenn es in die Nähe des Brunnens kam. Neuigkeiten über den Handel, Familienfehden, Streitigkeiten unter Nachbarn, das Privatleben der Regierenden, alle ernsthaften und nichtigen Dinge wurden hier diskutiert, kommentiert, kritisiert oder mit Beifall bedacht. Das feindliche Heer vor den Toren der Stadt wurde größer und größer, doch das Haupt- und Lieblingsthema blieb Prinzessin Isebel, die den König von Israel erobert hatte. Man pries ihre Kühnheit, ihren Mut, und alle Frauen waren sich einig, daß Isebel sofort in ihre Heimat zurückkehren und sie rächen würde, wenn Akbar in Bedrängnis geriete.

An jenem Morgen jedoch war der Platz um den Brunnen fast leer. Die wenigen Frauen, die gekommen waren, meinten, man müsse jetzt auf die Felder gehen und soviel Getreide wie möglich ernten, weil die Assyrer in Kürze die Ein- und Ausgänge der Stadt schließen würden. Zwei von ihnen planten sogar eine Wallfahrt zum Fünften Berg, wo sie den Göttern Opfer darbringen wollten – sie wollten nicht, daß ihre Söhne in der Schlacht stürben.

»Der Priester hat gesagt, wir könnten viele Monate lang standhalten«, meinte eine zu Elia. »Wir müssen nur den nötigen Mut haben, um die Ehre Akbars zu verteidigen, dann werden uns die Götter helfen.«

Der Junge erschrak.

»Wird der Feind angreifen?« fragte er.

Elia gab keine Antwort. Es hing von der Entscheidung ab, vor die ihn der Engel in der Nacht gestellt hatte.

»Ich habe Angst«, sagte der Junge mit Nachdruck.

»Das zeigt, daß du das Leben liebst. Es ist normal, in bestimmten Augenblicken Angst zu haben.«

Elia und der Junge kehrten noch vor Ende des Vormittages nach Hause zurück. Die Frau hatte viele kleine Gefäße mit verschiedenfarbiger Tinte um sich herum.

»Ich muß arbeiten«, sagte sie, indem sie auf die Buchstaben blickte. »Wegen der Dürre ist alles staubig. Die Pinsel verschmutzen, die Tinte vermischt sich mit dem Staub, und das Schreiben wird mühsam.«

Elia schwieg. Er wollte ihr seine Sorgen nicht aufbürden. Er setzte sich in eine Ecke des Raumes und versank in Gedanken. Der Junge ging hinaus, um mit seinen Freunden zu spielen.

»Er braucht Ruhe und Stille«, sagte die Frau zu sich, und versuchte sich auf ihre Arbeit zu konzentrieren.

Sie verbrachte den Rest des Vormittages damit, einige Wörter zu Ende zu schreiben, für die sie sonst nur halb so lange brauchte, und fühlte sich schuldig, weil sie doch jetzt zum ersten Mal Gelegenheit hatte, für ihre Familie aufzukommen.

Sie widmete sich wieder ihrer Arbeit. Sie benutzte Papyrus, das ihr ein Kaufmann kürzlich aus Ägypten mitgebracht hatte, damit sie ihm einige Mitteilungen aufschrieb, die er nach Damaskus schicken wollte. Das Blatt war nicht von bester Qualität, und die Tinte zerfloß. ›Trotzdem ist es besser, als auf Ton zu zeichnen.‹

In den Nachbarländern war es üblich, für Botschaften Tontafeln oder Tierhäute zu verwenden. Obwohl Ägypten jetzt unbedeutend und seine Schrift überholt war, war dort einst ein praktischer und leichter Schriftträger für Handels- und Geschichtsaufzeichnungen erfunden worden. Die Papyruspflanze, die am Nilufer wuchs, wurde in Streifen geschnitten und diese dann so verarbeitet, daß ein leicht gelbliches Blatt entstand. Akbar mußte Papyrus einführen, weil man die Pflanze im Tal nicht anbauen konnte. Papyrus war teuer, doch die Kaufleute mochten ihn lieber als Tontafeln und Tierhäute, da sie die beschriebenen Blätter in die Tasche stecken konnten.

›Alles wird einfacher‹, dachte sie. ›Schade, daß man die

Erlaubnis der Regierung braucht, um mit Byblos-Schrift auf Papyrus zu schreiben.‹ Ein überholtes Gesetz verlangte, daß geschriebene Texte dem Rat von Akbar zur Kontrolle vorgelegt wurden.

Als sie mit ihrer Arbeit fertig war, zeigte sie sie Elia, der die ganze Zeit schweigend vor sich hingestarrt hatte.

»Wie gefällt dir das Ergebnis?« fragte sie.

Er schien aus einer Trance zu erwachen.

»Ja, es ist schön«, antwortete er zerstreut.

Er sprach wohl gerade mit dem Herrn. Und sie wollte ihn nicht unterbrechen. Sie ging hinaus und holte den Priester.

Als sie zurückkam, saß Elia immer noch auf derselben Stelle. Geraume Zeit sagte niemand etwas.

Der Priester brach zuerst das Schweigen.

»Ihr seid ein Prophet und sprecht mit den Engeln. Ich deute nur die alten Gesetze, vollziehe Rituale und versuche mein Volk vor Fehlern zu bewahren. Deshalb ist dies kein Kampf zwischen Menschen. Es ist ein Kampf zwischen den Göttern, und ich kann mich ihm nicht entziehen.«

»Ich bewundere Euren Glauben, obwohl Ihr Götter anbetet, die es nicht gibt«, entgegnete Elia. »Wenn die augenblickliche Lage, wie Ihr sagt, auf eine himmlische Schlacht hinweist, so wird mich der Herr als sein Werkzeug benutzen, um Baal und seine Gefährten vom Fünften Berg zu besiegen. Ihr hättet mich besser ermorden lassen.«

»Ich habe daran gedacht. Doch es war nicht notwendig. Im entscheidenden Augenblick waren die Götter auf meiner Seite.«

Elia gab keine Antwort. Der Priester wandte sich ab und

nahm das Papyrus auf, auf dem die Frau gerade ihren Text zu Ende geschrieben hatte.

»Schön«, lobte er. Nachdem er es sorgfältig durchgelesen hatte, zog er seinen Ring vom Finger, tunkte ihn in eines der Tintenfässer und drückte sein Siegel in die linke Ecke. Wenn jemand mit einem Papyrus erwischt wurde, das nicht das Siegel des Priesters trug, konnte er zum Tode verurteilt werden.

»Warum müßt Ihr dies immer tun?« fragte sie.

»Weil diese Papyrusblätter Ideen transportieren«, antwortete er. »Und Ideen sind mächtig.«

»Es sind aber doch nur Handelsgeschäfte.«

»Aber es könnten auch Schlachtpläne sein. Oder eine Aufzählung unserer Reichtümer. Oder unsere geheimen Gebete. Heutzutage ist es mit den Buchstaben und dem Papyrus leicht, die Seele eines Volkes zu rauben. Tontafeln oder Tierhäute lassen sich schwer verstecken. Doch die Verbindung des Papyrus mit der Byblos-Schrift kann ein Volk um seine Kultur bringen und die Welt zerstören.«

Eine Frau kam hereingestürzt.

»Priester! Priester! Kommt und seht, was passiert ist!«

Elia und die Witwe folgten ihm. Leute strömten von überallher, hasteten alle in dieselbe Richtung, eine Staubwolke hinter sich herziehend, so daß man kaum noch atmen konnte. Die Kinder rannten lachend und grölend voraus, die Erwachsenen folgten schweigend und gemessenen Schrittes.

Als die vier beim Südtor anlangten, fanden sie dort eine kleine Menschenmenge versammelt. Der Priester bahnte sich einen Weg und suchte den Grund für die ganze Aufregung.

Ein Wachsoldat von Akbar kniete mit ausgebreiteten Armen, die Hände an einen Holzbalken genagelt, der über seinen Schultern lag. Seine Kleider waren zerrissen, das linke Auge von einem Holzpflock durchstoßen.

Auf seine Brust waren mit einem Dolch einige assyrische Schriftzeichen geritzt. Der Priester verstand Ägyptisch, doch die assyrische Sprache galt noch nicht als bedeutend genug, um sie zu lernen, und man mußte einen Kaufmann zu Hilfe rufen.

»›Wir erklären den Krieg‹, haben sie geschrieben«, übersetzte der Mann.

Die Umstehenden sagten kein Wort. Elia las Panik in ihren Gesichtern.

»Gib mir dein Schwert«, sagte der Priester zu einem der anwesenden Soldaten.

Der Soldat gehorchte. Der Priester befahl, den Stadthauptmann und den Kommandanten von dem Vorfall zu benachrichtigen. Dann stieß er dem knienden Wachsoldaten blitzschnell die Klinge ins Herz.

Der Mann tat einen Seufzer und fiel tot zu Boden, frei von Schmerzen und von der Schande, dem Feind lebend in die Hände gefallen zu sein.

»Morgen werde ich zum Fünften Berg gehen und opfern«, sagte er zu der verstörten Menge. »Die Götter werden sich unser wieder erinnern.«

Bevor er ging, wandte er sich an Elia:

»Ihr seht es mit eigenen Augen. Der Himmel hilft uns immer noch…«

»Erlaubt mir nur eine Frage«, sagte Elia. »Warum soll das Volk Eures Landes geopfert werden?«

»Weil das notwendig ist, um eine Idee auszurotten.«

Seit Elia ihn am Vormittag mit der Frau hatte reden sehen, wußte er, welche Idee gemeint war: das Alphabet.

»Es ist zu spät. Es ist bereits über die Welt verbreitet, und die Assyrer können nicht die ganze Erde erobern.«

»Wer sagt, daß sie das nicht können? Schließlich können ihre Truppen auf die Götter des Fünften Bergs zählen.«

Wie am Vortag wanderte Elia viele Stunden lang durch das Tal. Mindestens einen Nachmittag und eine Nacht würde der Frieden noch dauern; kein Krieg begann im Dunkeln, denn nachts konnten die Krieger den Feind nicht erkennen. In dieser Nacht, das wußte er, gab ihm der Herr die Chance, das Schicksal der Stadt zu wenden, die ihn aufgenommen hatte.

»Salomo wüßte jetzt, was er zu tun hätte«, meinte er zu seinem Engel. »Und David und Mose und Isaak auch. In sie hatte der Herr sein Vertrauen gesetzt, ich dagegen bin nur ein unschlüssiger Diener, den der Herr vor eine Wahl stellt, die Er eigentlich selbst treffen müßte.«

»Die Geschichte unserer Vorfahren scheint immer von rechten Männern zu wimmeln, die zur rechten Zeit am rechten Ort waren«, entgegnete der Engel. »Aber merk dir: Der Herr verlangt von jedem nur das Mögliche.«

»Dann hat Er sich in mir geirrt.«

»Alles Leid, das kommt, vergeht auch wieder. So verhält es sich auch mit dem Ruhm und den Tragödien.«

»Ich werde es mir merken«, sagte Elia. »Doch Tragödien

hinterlassen sichtbare Spuren und Ruhm belanglose Erinnerungen.«

Der Engel antwortete nicht.

»Warum konnte ich in Akbar bisher keinen finden, der mit mir für den Frieden kämpft? Was vermag ein einzelner Prophet?«

»Was vermag die Sonne, die einsam über den Himmel wandert? Was vermag ein Berg, der sich mitten im Tal erhebt? Was vermag ein einsamer Brunnen? Und doch weist jeder der Karawane den Weg.«

»Mein Herz erstickt vor Trauer«, sagte Elia, indem er niederkniete und seine Arme zum Himmel reckte. »Könnte ich doch hier sterben und müßte meine Hände nie mehr mit dem Blut meines oder eines fremden Volkes beflecken. Blickt zurück: Was seht Ihr?«

»Du weißt doch, ich bin blind«, gab der Engel zurück. »Weil meine Augen noch immer voll der Herrlichkeit Gottes sind, kann ich nichts anderes sehen. Alles, was ich aufnehmen kann, ist, was dein Herz mir erzählt. Alles, was ich sehen kann, ist das Beben der Gefahren, die dir drohen. Ich kann nicht wissen, was hinter dir liegt.«

»Dann werde ich es Euch sagen: Dort liegt Akbar, wunderschön in der Abendstunde, im Licht der untergehenden Sonne. Ich habe mich an Akbars Straßen und Mauern gewöhnt, an sein großherziges, gastfreundliches Volk. Auch wenn die Bewohner der Stadt im Handel und in Aberglauben befangen sind, ist doch ihr Herz so rein wie irgendein anderes in der Welt. Ich habe von ihnen viel gelernt. Andererseits habe ich mir die Klagen ihrer Bewohner angehört und mit Gottes Hilfe ihre internen Konflikte gelöst. Mehrfach war ich in Gefahr, doch immer hat mir jemand geholfen. Warum muß ich wählen, ob ich diese Stadt retten will oder mein Volk?«

»Weil der Mensch wählen muß«, entgegnete der Engel. »Seine Stärke ist seine Fähigkeit, Entscheidungen zu treffen.«

»Es ist eine schwierige Wahl: Sie verlangt, daß ich den Tod eines Volkes hinnehme, um ein anderes zu retten.«

»Den eigenen Weg zu finden ist noch schwieriger. Aber wer nicht wählt, stirbt in den Augen des Herrn, auch wenn er äußerlich weiterlebt.«

Elia hob abermals die Arme zum Himmel:

»Die Schönheit einer Frau ist schuld, daß sich mein Volk vom Herrn abwandte. Phönizien steht vor dem Untergang, weil ein Priester glaubt, daß die Schrift die Götter bedrohe. Warum schreibt der Schöpfer dieser Welt das Buch des Schicksals lieber als Tragödie?«

Die Berge warfen Elias Rufe als Echo zurück.

»Du weißt nicht, was du sagst«, antwortete der Engel. »Es gibt keine Tragödie, es gibt nur das Unabwendbare. Alles hat seinen Grund. Es gibt nur einen Gegensatz: vergänglich oder ewig.«

»Was ist vergänglich?« fragte Elia.

»Das Unabwendbare.«

»Und was ist ewig?«

»Die Lehren, die man aus dem Unabwendbaren zieht.«

Und indem er dies sagte, entschwand der Engel.

Beim Abendessen sagte Elia zur Frau und zum Jungen:

»Packt eure Sachen. Wir müssen jeden Augenblick aufbrechen.«

»Seit zwei Tagen schläfst du nicht«, sagte die Frau. »Ein Bote des Stadthauptmanns war heute nachmittag hier und wollte, daß du ihn zum Palast begleitest. Ich sagte, du wärest im Tal und würdest dort schlafen.«

»Du hast recht getan«, antwortete er und ging sogleich in sein Zimmer, wo er in einen tiefen Schlaf fiel.

Am anderen Morgen weckte ihn der Klang von Musikinstrumenten. Als er hinunterging, um nachzusehen, war der Junge schon an der Tür.

»Schau!« sagte er mit vor Erregung glänzenden Augen. »Es ist Krieg!«

Ein Bataillon Soldaten, die in ihren Kriegsgewändern und mit ihren Waffen eindrucksvoll aussahen, marschierte zum Südtor. Eine Gruppe Musikanten folgte ihnen und schlug auf ihren Trommeln den Takt.

»Gestern hattest du noch Angst«, sagte Elia zum Jungen.

»Ich wußte nicht, daß wir so viele Soldaten haben. Unsere Krieger sind die besten!«

Er ließ den Jungen stehen und trat auf die Straße hinaus. Er mußte unbedingt zum Stadthauptmann. Die anderen Bewohner der Stadt waren auch vom Klang der Kriegslieder geweckt worden und sahen gebannt dem Bataillon nach, das in Reih und Glied mit seinen Lanzen und Schilden vorbeizog, in denen sich die ersten Sonnenstrahlen spiegelten. Der Kommandant hatte hervorragende Arbeit geleistet, sein Heer gleichsam über Nacht kampffähig gemacht und wollte ihnen allen nun weismachen, daß sie die Assyrer besiegen könnten.

Elia bahnte sich einen Weg durch die Soldaten und gelangte bis an den Anfang der Kolonne, die der Kommandant und der Stadthauptmann, beide hoch zu Roß, anführten.

»Wir hatten ein Abkommen«, sagte Elia, indem er neben dem Stadthauptmann herlief. »Ich kann ein Wunder tun!«

Der Stadthauptmann antwortete ihm nicht. Das Heer trat aus den Mauern heraus und marschierte zum Tal.

»Ihr wißt, daß dieses Heer eine Illusion ist!« beharrte Elia. »Die Assyrer sind fünfmal mehr und haben außerdem Kriegserfahrung! Laßt nicht zu, daß Akbar zerstört wird!«

»Was wollt Ihr von mir?« fragte der Stadthauptmann, ohne sein Pferd anzuhalten. »Gestern nacht habe ich einen Boten zu Euch geschickt, damit wir miteinander reden, und mußte mir sagen lassen, Ihr seiet draußen im Tal. Was blieb mir anderes übrig?«

»Den Assyrern auf offenem Feld begegnen ist Selbstmord! Ihr wißt das!«

Der Kommandant hörte dem Gespräch schweigend zu. Er hatte die Strategie bereits mit dem Stadthauptmann abgesprochen, und der israelitische Prophet würde eine Überraschung erleben.

Elia lief weiter planlos neben den Pferden her.

›Hilf mir, Herr‹, flehte Elia bei sich. ›Wie Du die Sonne angehalten hast, um Josua in der Schlacht zu helfen, halte die Zeit an und mach, daß ich den Stadthauptmann von seinem Fehler überzeuge.‹

Genau in diesem Augenblick brüllte der Kommandant: »Halt!«

»Vielleicht ist dies ein Zeichen«, sagte sich Elia. »Ich muß es nutzen.«

Die Soldaten bildeten zwei Schlachtreihen, die Menschenmauern glichen. Die Schilde wurden fest auf den Boden gestützt, und die Waffen wiesen nach vorn.

»Ihr meint, Ihr seht das Heer von Akbar«, sagte der Stadthauptmann zu Elia.

»Ich sehe junge Männer, die im Angesicht des Todes lachen«, war die Antwort.

»Das hier ist aber nur ein Bataillon. Der größte Teil unserer Männer ist in der Stadt auf den Mauern. Wir haben dort Kessel mit kochendem Öl, das auf jeden gegossen wird, der hochzuklettern versucht.

Wir haben Nahrungsmittel in verschiedenen Häusern gelagert, um zu verhindern, daß Brandpfeile unsere ganze Nahrung vernichten. Nach den Berechnungen des Kommandanten könnten wir der Belagerung fast zwei Monate standhalten. Die Assyrer haben sich vorbereitet, wir aber auch.«

»Ihr habt es mir nie erzählt«, sagte Elia.

»Vergeßt nicht, auch wenn Ihr dem Volk von Akbar geholfen habt, so seid Ihr doch ein Fremder, und einige Militärs vermuten, Ihr seiet ein Spion.«

»Aber Ihr wolltet doch Frieden?«

»Der Friede ist immer noch möglich, auch nach dem Beginn der Schlacht. Nur verhandeln wir dann von gleich zu gleich.«

Der Stadthauptmann erzählte, daß Boten nach Tyrus und Sidon geschickt worden waren, um diese über den Ernst der Lage zu unterrichten. Hilfe anfordern konnte er nicht, wenn er nicht als unfähiger Wicht dastehen wollte. Trotzdem hatte er keine andere Wahl. Der Kommandant hatte einen genialen Plan ausgeheckt: Sofort nach Schlacht-beginn werde er selbst in die Stadt zurückkehren und dort den Widerstand organisieren. Die Truppe, die jetzt im Feld stand, sollte so viele Feinde wie möglich töten und sich dann in die Berge zurückziehen. Sie kannten das Tal so gut wie niemand sonst und konnten die Assyrer immer wieder aus dem Hinterhalt angreifen und so den Druck der Bela-gerung mildern.

Bald schon würde Hilfe kommen, und das assyrische Heer würde vernichtet werden. »Wir können siebzig Tage standhalten, doch so weit wird es nicht kommen«, sagte der Stadthauptmann zu Elia.

»Doch viele werden sterben.«

»Wir stehen alle im Angesicht des Todes. Und niemand hat Angst, auch ich nicht.«

Der Stadthauptmann konnte seinen eigenen Mut nicht fassen. Er war nie in einer Schlacht gewesen, und je näher der Kampf rückte, desto öfter trug er sich mit dem Gedan-ken, aus der Stadt zu fliehen. An jenem Morgen hatte er mit seinen Getreuen den Rückzug geplant. Nach Tyrus oder Sidon konnte er nicht, weil er sonst als Verräter dastand, doch Isebel würde ihn aufnehmen, da sie vertrauenswür-dige Männer an ihrer Seite brauchte.

Dennoch, als er das Schlachtfeld betrat, sah er in den Augen der Soldaten eine unendliche Freude – als hätten sie das ganze Leben lang nur für diese Stunde trainiert.

»Die Angst besteht bis zu dem Augenblick, in dem das Unabwendbare geschieht«, sagte er zu Elia. »Danach gilt es nur noch, die Kräfte beisammenzuhalten.«

Elia war verwirrt. Er fühlte dasselbe, wenn er sich auch

dafür schämte; er mußte an den Jungen denken, wie fasziniert er die Truppe angesehen hatte.

»Geht«, sagte der Stadthauptmann. »Ihr seid ein wehrloser Fremder und braucht nicht für etwas zu kämpfen, woran Ihr nicht glaubt.«

Elia rührte sich nicht.

»Sie werden kommen«, sagte der Kommandant. »Ihr mögt überrascht sein, doch wir sind vorbereitet.«

Elia rührte sich nicht von der Stelle.

Sie blickten zum Horizont. Nicht der kleinste Staubwirbel, das assyrische Heer verharrte unbeweglich.

Die Soldaten in der ersten Reihe hielten ihre Lanzen fest in der Hand. Die Bogenschützen hatten die Sehnen halb gespannt, um die Pfeile sofort abzuschießen, wenn der Kommandant den Befehl dazu gab. Einige der Männer hieben mit dem Schwert in die Luft, um die Muskeln warm zu halten.

»Sie werden kommen«, wiederholte der Kommandant euphorisch. »Alles ist bereit.«

Brannte er denn so darauf, daß die Schlacht begann und er kämpfen und seine Tapferkeit beweisen konnte? Sah er im Geiste schon die assyrischen Soldaten, die Schreie und das Durcheinander, und sich selber als mustergültigen Führer und mutigen Helden, den die phönizischen Priester späteren Generationen als Vorbild preisen würden?

»Sie rühren sich nicht«, sagte der Stadthauptmann.

Und Elia erinnerte sich, wie er den Herrn gebeten hatte, er möge die Sonne am Himmel stillstehen lassen, wie einstmals für Josua. Er versuchte, mit seinem Engel zu reden, doch er hörte seine Stimme nicht.

Allmählich senkten die Lanzenträger ihre Lanzen, die Bogenschützen lockerten die Spannung ihres Bogens, die Schwertkämpfer steckten ihre Schwerter in die Scheide zurück. Die Sonne brannte im Mittag, und einige Krieger wurden wegen der Hitze ohnmächtig. Dennoch blieb das Bataillon bis zum Ende des Nachmittags in Bereitschaft.

Als sich die Sonne verbarg, kehrten die Krieger nach Akbar zurück. Sie schienen enttäuscht, den Tag überlebt zu haben.

Nur Elia blieb im Tal zurück. Er wanderte eine Zeitlang ziellos umher, bis er das Licht sah. Der Engel des Herrn trat zu ihm.

»Gott hat dein Gebet erhört«, sagte der Engel. »Und er hat deine Seelenqual gesehen.«

Elia wandte sich zum Himmel und dankte für den Segen.

»Der Herr ist die Quelle der Herrlichkeit und der Macht. Er hat das assyrische Heer zurückgehalten.«

»Nein«, entgegnete der Engel. »Du hast gesagt, Er müsse die Wahl selbst treffen. Und Er hat die Wahl für dich getroffen.«

»Laß uns fortgehen«, sagte Elia zur Frau und ihrem Sohn.

»Ich will nicht fort«, antwortete der Junge. »Ich bin stolz auf die Soldaten von Akbar.«

Die Mutter zwang ihn, seine Habseligkeiten zusammenzupacken. »Nimm nur mit, was du tragen kannst«, sagte sie.

»Du vergißt, daß wir arm sind und ich nur wenig besitze.«

Elia ging hinauf in sein Zimmer. Er blickte um sich, als würde er es nie mehr sehen.

»Danke, daß du mich mitnimmst«, sagte sie. »Bei meiner Heirat war ich gerade fünfzehn Jahre alt und wußte nichts vom Leben. Unsere Familien hatten alles für uns beschlossen, ich war von Kindesbeinen an auf diesen Augenblick hin erzogen und eingehend darauf vorbereitet worden, meinem Mann in jeder Lebenslage zur Seite zu stehen.«

»Hast du ihn geliebt?«

»Ich hatte mein Herz dazu erzogen. Da ich keine Wahl hatte, habe ich mir eingeredet, daß dies der beste Weg sei. Als ich meinen Mann verlor, habe ich mich in die gleichförmigen Tage und Nächte geschickt und die Götter des Fünften Bergs, an die ich damals noch glaubte, gebeten, mich sterben zu lassen, sowie mein Sohn allein für sich sorgen könnte.

Dann kamst du. Ich habe es dir schon gesagt und sage es noch einmal: Von dem Tag an begann ich die Schönheit des Tales zu beachten, die dunklen Umrisse der Berge, die sich gegen den Himmel abhoben, den Mond, der seine Form verändert, damit das Getreide wachsen kann. Viele Nächte lang wanderte ich, während du schliefst, durch Akbar, hörte das Weinen der Neugeborenen, die Gesänge der Männer, die nach der Arbeit getrunken hatten, die festen Schritte der Wachen oben auf der Mauer. Wie oft hatte ich diese Landschaft schon gesehen und nie bemerkt, wie schön sie war? Wie oft hatte ich schon zum Himmel aufgeschaut, ohne zu bemerken, wie weit er war? Wie oft hatte ich schon die Geräusche von Akbar um mich herum gehört, ohne sie als Teil meines Lebens zu begreifen?

Ich verspürte wieder einen unbändigen Willen zu leben. Du sagtest, ich solle die Buchstaben von Byblos lernen, und um dir eine Freude zu machen, tat ich es. Doch dann war ich selber begeistert und entdeckte, daß der Sinn meines Lebens der war, den ich ihm geben wollte.«

Elia liebkoste ihr Haar – zum ersten Mal.

»Warum war es nicht immer so?« fragte sie.

»Weil ich Angst hatte. Doch heute habe ich, während ich auf die Schlacht wartete, die Worte des Stadthauptmanns gehört – und an dich gedacht. Die Angst reicht nur bis dahin, wo das Unabwendbare beginnt. Dann verliert sie ihren Sinn. Und alles, was wir dann noch haben, ist die Hoffnung, daß wir die richtige Entscheidung getroffen haben.«

»Ich bin bereit«, sagte sie.

»Laß uns nach Israel zurückkehren. Der Herr hat mir bereits gesagt, was ich tun soll, und ich werde es tun. Isebel wird ihre Macht verlieren.«

Sie sagte nichts. Wie alle Frauen Phöniziens war sie stolz auf ihre Prinzessin. Wenn sie dort angekommen sein würden, würde sie versuchen, ihren Gefährten umzustimmen.

»Es wird eine lange Reise sein, und wir werden nicht eher rasten können, als bis ich das getan habe, was mir der Herr aufgetragen hat«, sagte Elia, als erriete er ihre Gedanken. »Aber deine Liebe wird meine Stütze sein, und in den Augenblicken, in denen ich des Kampfes für Ihn müde bin, werde ich mich in deinen Armen ausruhen können.«

Der Junge kam mit einem kleinen Beutel über der Schulter angesprungen. Elia nahm den Beutel und sagte zur Frau:

»Jetzt ist es soweit. Wenn du jetzt durch die Straßen von Akbar gehst, präg dir jedes Haus ein und jedes Geräusch. Denn du wirst sie nie wieder sehen und nie wieder hören.«

»Ich bin in Akbar geboren«, sagte sie. »Und ich werde es immer in meinem Herzen bewahren.«

Der Junge hörte es und schwor sich, die Worte seiner Mutter niemals zu vergessen. Sollte er eines Tages zurückkommen, dann würde er die Stadt ansehen, als wäre es ihr Gesicht.

Es war schon dunkel, als der Priester am Fuß des Fünften Bergs ankam. In seiner rechten Hand trug er einen Stab und in der linken einen Beutel.

Er holte das heilige Öl aus dem Beutel und bestrich sich damit Stirn und Handgelenke. Dann zeichnete er mit dem Stab den Stier und den Panther, die Symbole für den Gott des Sturmes und für die Große Göttin, in den Sand. Er sprach die rituellen Gebete. Dann breitete er die Arme zum Himmel, um die göttliche Erleuchtung zu empfangen.

Doch die Götter schwiegen. Sie hatten bereits alles gesagt, was sie zu sagen hatten, und forderten jetzt nur noch die Erfüllung der Rituale. Propheten gab es nirgendwo mehr – außer in Israel, einem rückständigen Land, das sich noch immer in dem Aberglauben wiegte, daß die Menschen mit dem Schöpfer des Universums kommunizieren konnten.

Er erinnerte sich daran, daß Tyrus und Sidon vor zwei Generationen noch mit einem König von Jerusalem namens

Salomo Handel getrieben hatten. Dieser hatte einen großen Tempel errichtet und wollte ihn mit dem Besten ausschmücken, was es auf der Welt gab. Bei den Phöniziern hatte er Libanonzedern bestellt, und der König von Tyrus hatte dafür zwanzig Städte in Galiläa erhalten, doch die gefielen ihm nicht. Da hatte ihm Salomo geholfen, die ersten Schiffe zu bauen, und jetzt besaß Phönizien die größte Handelsflotte der Welt.

Damals war Israel noch eine große Nation gewesen, obwohl es nur einen einzigen Gott anbetete, von dem es nicht einmal den Namen kannte und ihn nur »den Herrn« zu nennen pflegte. Einer Prinzessin aus Sidon war es gelungen, Salomo zum wahren Glauben zurückzuführen, und er hatte den Göttern des Fünften Bergs einen Altar gebaut. Die Israeliten behaupteten, »der Herr« habe den weisesten seiner Könige gestraft, indem er ihm Kriege schickte, die ihn den Thron kosteten.

Sein Sohn Jerobeam führte den Kult weiter, mit dem sein Vater begonnen hatte. Er ließ zwei goldene Kälber machen, und das Volk Israel betete sie an. Damals traten dann die Propheten auf den Plan – und begannen ihren unerbittlichen Kampf gegen die Regierung.

Isebel hatte recht: Der wahre Glaube blieb nur lebendig, wenn man die Propheten tötete. Sie war eine sanfte Frau, zu Toleranz erzogen, und sie verabscheute den Krieg, und doch wußte sie, daß manchmal die Gewalt der einzige Ausweg war. Das Blut, das jetzt ihre Hände befleckte, würde von den Göttern, denen sie diente, vergeben werden.

»Bald werden auch meine Hände mit Blut befleckt sein«, sagte der Priester zum schweigenden Berg vor ihm. »So wie

Israels Fluch die Propheten sind, so ist Phöniziens Fluch die Schrift. Wenn ihnen nicht beizeiten ein Riegel vorgeschoben wird, richten beide einen nicht wiedergutzumachenden Schaden an. Der Gott der Zeit darf sich jetzt nicht davonmachen.«

Es erfüllte ihn mit Sorge, daß das feindliche Heer nicht angegriffen hatte. Der Gott der Zeit hatte Phönizien aus Zorn über seine Bewohner schon oft im Stich gelassen. Die Folge war gewesen, daß die Flammen in den Lampen erloschen, die Schafe und Kühe ihre Jungen sich selbst überließen und Weizen und Gerste grün blieben. Da mochte der Gott der Sonne noch so wichtige Kundschafter wie den Adler und den Gott des Sturmes aussenden, um ihn zu suchen – der Gott der Zeit blieb unauffindbar; bis die Große Göttin eine Biene aussandte, die ihn schlafend in einem Wald fand und ihn stach. Da wachte er wütend auf und begann, alles um sich herum zu zerstören; man mußte ihn fesseln und den Haß, der in seinem Herzen war, herausholen – erst dann fand alles zum gewohnten Gang zurück.

Wenn er sich wieder davonmachte, würde die Schlacht nicht stattfinden. Die Assyrer würden auf immer am Eingang des Tales stehenbleiben, und Akbar würde weiterbestehen.

»Der Mut ist die Angst, die ihr Gebet spricht«, sagte er. »Deshalb bin ich hier: Weil ich im Augenblick des Kampfes nicht schwanken darf. Ich muß den Kriegern von Akbar zeigen, daß es einen Grund gibt, die Stadt zu verteidigen. Es ist nicht der Brunnen, es ist nicht der Markt, es ist nicht der Palast des Stadthauptmanns. Wir müssen uns dem assyrischen Heer stellen, weil wir ein Beispiel geben müssen.«

Ein Sieg der Assyrer würde die Gefahr des Alphabets für immer bannen. Die Eroberer würden den Bewohnern von Akbar ihre Sprache und ihre Bräuche aufzwingen und – das war wichtig – sie weiterhin die Götter des Fünften Bergs anbeten lassen.

»In Zukunft werden unsere Seefahrer die Heldentaten der Krieger in anderen Ländern verbreiten. Die Priester werden den Tag überliefern, an dem Akbar versucht hat, der Invasion der Assyrer zu widerstehen. Die Maler werden ägyptische Zeichen auf ihr Papyrus zeichnen, und damit wäre die Byblos-Schrift endgültig ausgerottet. Die heiligen Texte verbleiben fürderhin im Besitz derer, die dazu geboren sind, sie zu erlernen. Und künftige Generationen werden uns nachahmen, und wir werden eine bessere Welt bauen.

Doch jetzt«, fuhr er fort, »gilt es zuerst, diese Schlacht zu verlieren. Wir werden tapfer kämpfen, doch der Feind ist in der Überzahl, und so werden wir ruhmreich sterben.«

Der Priester lauschte in die Nacht hinaus und erkannte, daß er recht hatte. Die Stille kündigte immer einen wichtigen Kampf an, doch die Bewohner von Akbar deuteten die Stille falsch. Sie senkten ihre Lanzen und amüsierten sich, statt wachsam zu bleiben. Sie nahmen sich kein Beispiel an der Natur: Die Tiere sind ganz still, wenn Gefahr im Anzug ist.

»Möge sich der Ratschluß der Götter erfüllen. Möge die Sonne auch morgen wieder hervorkommen, denn wir haben alles richtig gemacht und gehorchen der Tradition«, schloß er.

Elia, die Frau und der Junge wanderten nach Westen, dorthin, wo Israel lag. Sie brauchten nicht am assyrischen Lager vorbei, das sich im Süden befand. Der Vollmond leuchtete ihnen und zeichnete gleichzeitig unheimliche Schatten und seltsame Zeichnungen auf die Felsen und Steine des Tales.

Dann, plötzlich, trat der Engel des Herrn aus der Dunkelheit, ein flammendes Schwert in seiner Rechten.

»Wohin gehst du?« fragte er.

»Nach Israel«, antwortete Elia.

»Hat dich der Herr gerufen?«

»Ich kenne bereits das Wunder, das Gott von mir erwartet. Und jetzt weiß ich, wo ich es tun muß.«

»Hat dich der Herr gerufen?« wiederholte der Engel.

Elia schwieg.

»Hat dich der Herr gerufen?« fragte der Engel zum dritten Mal.

»Nein.«

»Dann kehre zurück an den Ort, von dem du aufgebrochen bist, denn du hast dein Schicksal noch nicht erfüllt. Der Herr hat dich noch nicht gerufen.«

»Laß zumindest sie gehen, denn sie haben hier nichts zu tun«, flehte Elia.

Doch der Engel war bereits verschwunden. Elia ließ den Beutel, den er trug, zu Boden fallen. Er setzte sich mitten auf den Weg und weinte bitterlich.

»Was ist los?« fragten die Frau und der Junge, die nichts gesehen hatten.

»Wir kehren um«, sagte er. »Der Herr will es so.«

Er konnte nicht richtig schlafen. Er wachte mitten in der Nacht auf und spürte die Spannung um sich herum. Ein böser Wind fegte durch die Straßen und säte Angst und Mißtrauen.

»In der Liebe einer Frau entdeckte ich die Liebe zu allen Kreaturen«, betete er schweigend. »Ich brauche sie. Ich weiß, daß der Herr nicht vergessen wird, daß ich eines Seiner erwählten Werkzeuge bin, vielleicht das schwächste von allen. Hilf mir, Herr, denn ich muß während der Kämpfe ruhig schlafen.«

Er tröstete sich mit der Bemerkung des Priesters über die Nutzlosigkeit der Angst und fand dennoch keinen Schlaf. »Ich brauche Kraft und Ruhe. Gib mir Schlaf, solange es noch möglich ist.«

Er wollte schon seinen Engel rufen, um sich mit ihm zu besprechen, sah dann aber davon ab, weil er sonst womöglich Dinge zu hören bekam, die er nicht hören wollte. Um sich zu entspannen, ging er hinunter in den Wohnraum. Die Bündel, die die Frau für die Flucht vorbereitet hatte, waren noch nicht wieder ausgepackt.

Er überlegte, ob er in ihr Zimmer gehen sollte. Er erinnerte sich an das, was der Herr vor einer Schlacht zu Mose gesagt hatte: *Ein Mann, der eine Frau liebt und sie noch nicht empfangen hat, der gehe in sein Haus zurück, damit er nicht im Kampf sterbe und ein anderer Mann sie empfange.*

Er hatte noch nicht mit ihr geschlafen. Doch sie hatten eine anstrengende Nacht hinter sich, und darum war jetzt nicht der Moment.

Er ging daran, die Bündel auszupacken und alles an seinen Platz zurückzutun. Er entdeckte, daß sie neben den wenigen Kleidungsstücken, die sie besaß, auch die Werkzeuge mitgenommen hatte, um die Buchstaben von Byblos zu malen.

Er nahm einen Griffel, feuchtete ein Tontäfelchen an und begann einige Buchstaben zu kritzeln. Er hatte schreiben gelernt, während er der Frau bei der Arbeit zugeschaut hatte.

»Wie einfach und genial dies doch ist«, dachte er, während er versuchte, auf andere Gedanken zu kommen. »Die Griechen haben uns unsere bedeutendste Erfindung gestohlen«, hatten die Frauen am Brunnen immer geklagt. Doch Elia wußte, daß das nicht stimmte und daß sie die Byblos-Schrift durch die Hinzufügung der Vokale zu einem für alle Völker und Nationen nützlichen Instrument gemacht hatten. Und zu Ehren der Stadt, die die Schrift erfunden hatte, nannten sie sogar ihre Pergamentsammlungen *biblias*.

Ihre *biblias* schrieben die Griechen auf Tierhäute. Elia fand das eine sehr unsichere Art, um Worte zu bewahren. Leder war nicht so widerstandsfähig wie die Tontäfelchen und konnte leicht gestohlen werden. Papyrus zerriß, nachdem es eine Zeitlang von Hand zu Hand gegangen war, und wurde durch Wasser zerstört. ›Die *biblias* und das Papyrus sind nicht das richtige. Nur Tontäfelchen überleben‹, überlegte er.

Sollte Akbar noch eine Zeitlang bestehen, dann würde er dem Stadthauptmann vorschlagen, die ganze Geschichte seines Landes aufzuschreiben und die Tontäfelchen in einem besonderen Saal zu verwahren, damit kommende Generationen sie lesen konnten. So würden die Heldentaten der Krieger und die Gesänge der Dichter niemals vergessen werden, sollten die phönizischen Priester einmal nicht mehr sein, um sie zu überliefern.

Er spielte mit den Buchstaben, kombinierte sie immer neu und bildete so verschiedene Wörter. Er war begeistert über das Ergebnis. Entspannt und befriedigt ging er zurück ins Bett.

Kurz darauf wurde er von einem großen Getöse geweckt. Die Tür zu seinem Zimmer fiel aus dem Rahmen und zu Boden.

»Dies ist kein Traum. Es sind nicht die Heerscharen des Herrn im Kampf.«

Schatten tauchten von überallher auf, schrien wie irre in einer Sprache, die er nicht verstand.

»Die Assyrer.«

Andere Türen fielen, Wände wurden mit mächtigen Hammerhieben eingerissen, die Schreie der Invasoren vermischten sich mit den Hilferufen, die vom Platz herüberschallten. Elia wollte aufstehen, doch einer der Schatten warf ihn zu Boden. Ein Knistern breitete sich quer durch das untere Stockwerk aus.

›Feuer‹, dachte Elia. ›Sie haben das Haus angezündet.‹

»Und Ihr?« hörte er jemanden auf phönizisch sagen. »Ihr seid der Anführer und versteckt Euch wie ein Feigling im Haus einer Frau.«

Flammen durchzuckten das Zimmer, und Elia konnte einen uniformierten Mann mit langem Bart erkennen. Die Assyrer hatten angegriffen.

»Ihr habt uns in der Nacht überrannt?« fragte er verwirrt.

Doch der Mann antwortete nicht. Elia sah Schwerter blitzen, und einer der Krieger verletzte ihn am rechten Arm.

Elia schloß die Augen. Sein ganzes Leben spulte im Bruchteil einer Sekunde zurück, und er sah sich wieder als Kind in den Straßen der Stadt spielen, in der er geboren war, er reiste erneut zum ersten Mal nach Jerusalem, roch die Sägespäne in der Tischlerei, sah sich durch die Täler und über die Berge des Gelobten Landes wandern, lernte die blutjunge Isebel kennen, die alle bezauberte, die sich ihr näherten. Er erlebte erneut das Massaker an den Propheten, hörte noch einmal die Stimme des Herrn, der ihn in die Wüste schickte. Er sah noch einmal die Augen der Frau, die ihn am Eingang von Akbar erwartete, und er begriff, daß er sie vom ersten Augenblick an geliebt hatte. Er stieg abermals auf den Fünften Berg, erweckte abermals ein Kind zum Leben und wurde abermals vom Volk als Weiser und Gerechter befragt. Er blickte zum Himmel, an dem die Sternbilder aufgingen und versanken, staunte über den Mond, der alle vier Phasen aufs Mal durchlief, er spürte Kälte, Hitze, den Herbst und den Frühling, erlebte Regen, Blitz und Donner. Abermals rasten die Wolken in mannigfachsten Formationen über den Himmel, und die Flüsse ließen ihre Wasser ein zweites Mal im selben Bett fließen. Erneut kam der Tag, an dem das erste assyrische Zelt aufgebaut wurde, dann ein zweites, drittes, viertes… bis es unendlich viele waren; er sah die Engel, die kamen und gingen, das Flammenschwert auf dem Weg nach Israel, litt unter der Schlaflosigkeit, bestaunte die Zeichen auf den Tontäfelchen und…

Er war wieder in der Gegenwart angelangt. Er dachte an

das, was im unteren Stockwerk geschah, er mußte, koste es, was es wolle, die Witwe und ihren Sohn retten.

»Feuer«, sagte er zu den feindlichen Soldaten. »Es brennt!«

Er hatte keine Angst. Seine einzige Sorge galt der Witwe und ihrem Sohn. Jemand preßte seinen Kopf zu Boden, und er spürte den Geschmack von Erde in seinem Mund. Er küßte sie und sagte, wie sehr er sie liebte und daß er alles Menschenmögliche getan hatte, um dies zu vermeiden. Er wollte sich von seinen Häschern befreien, doch jemand hielt ihn mit einem Fuß am Boden.

»Sie wird geflohen sein«, dachte er. »Sie werden einer wehrlosen Frau nichts antun.«

Tiefer Friede kehrte in sein Herz zurück. Vielleicht hatte der Herr gemerkt, daß er der falsche Mann war, und einen anderen entdeckt, der Israel von der Sünde befreien sollte. Der Tod war also gekommen – genauso wie er es erwartet hatte, durch das Martyrium. Er nahm sein Schicksal an und erwartete den Todesstoß.

Einige Sekunden vergingen. Die Stimmen schrien weiter, Blut strömte aus seiner Wunde, doch der Todesstoß erfolgte nicht.

»Tötet mich, schnell!« schrie er, denn er wußte, daß mindestens einer von ihnen seine Sprache verstand.

Niemand beachtete ihn. Sie stritten hitzig und schienen sich gegenseitig Vorwürfe zu machen. Einige Soldaten begannen ihn mit Füßen zu treten. Elia aber fühlte seinen Überlebenswillen zurückkehren. Das versetzte ihn in Panik.

›Ich kann nicht mehr leben wollen‹, dachte er verzweifelt. ›Denn ich werde dieses Zimmer lebend nicht verlassen.‹

Nichts geschah jedoch. Die Welt schien in diesem Durcheinander von Stimmen, Lärm und Staub zu verharren. Vielleicht hatte der Herr wie einst mit Josua die Zeit mitten in der Schlacht stehenbleiben lassen.

Da hörte er unten die Schreie der Frau. Mit übermenschlicher Anstrengung gelang es ihm, eine der Wachen wegzustoßen und sich zu erheben, doch sie warfen ihn umgehend wieder zu Boden. Ein Soldat gab ihm einen Fußtritt an den Kopf, und Elia wurde ohnmächtig.

Wenige Minuten später kam er wieder zu sich. Die Assyrer hatten ihn auf die Straße geschleppt.

Ihm schwindelte, als er den Kopf hob: Alle Häuser des Viertels brannten.

»Eine wehrlose, unschuldige Frau ist dort drinnen gefangen! Rettet sie!«

Geschrei, Gerenne, Durcheinander überall. Er versuchte sich zu erheben, wurde abermals zu Boden gestoßen.

»Herr, Du kannst mit mir tun, was Du willst, denn ich habe mein Leben und meinen Tod Deiner Sache geweiht«, betete Elia. »Doch rette die, die mich aufgenommen hat.«

Jemand zog ihn an den Armen hoch.

»Kommt und seht«, sagte der assyrische Offizier, der seine Sprache sprach. »Ihr verdient es.«

Die beiden Wachen hielten ihn fest und schoben ihn zur Tür. Das Haus wurde schnell von den Flammen verschlungen, und der Feuerschein erleuchtete alles ringsum: weinende Kinder, Alte, die um Vergebung flehten, verzweifelte Frauen, die ihre Kinder suchten. Doch er hörte nur die Hilfeschreie der Frau, die ihn aufgenommen hatte.

»Was geht hier vor? Dort drinnen befinden sich eine Frau und ein Kind! Warum tut Ihr ihnen das an?«

»Weil sie den Stadthauptmann von Akbar versteckt hat.«

»Ich bin nicht der Stadthauptmann von Akbar, Ihr begeht einen schrecklichen Fehler!«

Der assyrische Offizier schob ihn zur Tür. Die Decke war durch das Feuer eingestürzt, und die Frau war halb unter den Trümmern begraben. Elia konnte nur ihren Arm sehen, der sich verzweifelt hin und her bewegte. Sie rief um Hilfe, flehte, sie nicht bei lebendigem Leibe verbrennen zu lassen.

»Warum verschont Ihr mich und macht das mit ihr?« klagte Elia.

»Wir werden Euch nicht verschonen, doch wir wollen, daß Ihr soviel wie möglich leidet. Unser General starb gesteinigt und ehrlos vor den Mauern der Stadt. Er suchte Leben und fand den Tod. Jetzt habt Ihr das gleiche Schicksal.«

Elia kämpfte verzweifelt, um sich zu befreien, doch die Wachen schleppten ihn fort. Sie gingen durch die glutheißen Straßen von Akbar. Die Soldaten schwitzten, und einigen stand das Entsetzen über das, was sie gesehen hatten, ins Gesicht geschrieben. Elia versuchte sich loszureißen und schrie zum Himmel, doch sowohl Assyrer wie Gott blieben stumm.

Sie begaben sich bis zur Mitte des Platzes. Die meisten Gebäude der Stadt brannten, und das Prasseln der Flammen vermischte sich mit den Schreien der Bewohner von Akbar.

»Wie gut, daß es den Tod gibt.«

Wie oft hatte er seit dem Tag im Pferdestall daran gedacht!

Die Leichen der Krieger von Akbar – die meisten ohne

Uniform – lagen auf dem Boden verstreut. Menschen rannten kopflos und wie besessen in alle Himmelsrichtungen, als könnten sie so den Tod und die Zerstörung aufhalten.

›Warum tun sie das?‹ dachte er. ›Sehen sie denn nicht, daß die Stadt in den Händen der Feinde ist und daß es für sie keine Zuflucht mehr gibt?‹ Alles war sehr schnell gegangen. Die Assyrer hatten ihre zahlenmäßige Übermacht ausgenutzt, und es war ihnen gelungen, ihren Soldaten eine Schlacht zu ersparen. Die Soldaten von Akbar wurden fast ohne Gegenwehr vernichtet.

Elia und seine Häscher blieben mitten auf dem Platz stehen. Elia mußte sich hinknien, die Hände wurden ihm gebunden. Er hörte die Schreie der Frau nicht mehr. Vielleicht war sie schnell gestorben, hatte die lange Qual, bei lebendigem Leibe zu verbrennen, nicht miterlebt. Der Herr hielt sie jetzt in Seinen Armen. Und sie trug ihren Sohn auf dem Schoß.

Eine weitere Gruppe assyrischer Soldaten brachte einen Gefangenen, dessen Gesicht von Schlägen verunstaltet war. Dennoch erkannte Elia in ihm den Kommandanten.

»Hoch lebe Akbar!« rief er. »Phönizien und seinen Kriegern ein langes Leben, die sich am Tag mit ihren Feinden schlagen! Tod den Feinden, die in der Dunkelheit angreifen!«

Doch er hatte kaum Zeit, den Satz zu beenden. Das Schwert eines assyrischen Generals senkte sich, und der Kopf des Kommandanten rollte auf den Boden.

›Jetzt bin ich an der Reihe‹, dachte Elia bei sich. ›Ich werde sie im Paradies wiedersehen, und wir werden dort Hand in Hand spazierengehen.‹

In diesem Augenblick kam ein Mann heran und fing an, mit den Offizieren zu diskutieren. Es war ein Bewohner von Akbar, der oft zu den Versammlungen auf dem Platz gekommen war. Er hatte Streit mit seinem Nachbarn, und Elia konnte ihn beilegen.

Die Assyrer diskutierten, redeten immer lauter und wiesen auf ihn. Der Mann kniete nieder, küßte einem von ihnen die Füße, streckte die Hand zum Fünften Berg aus und weinte wie ein Kind. Die Wut der Assyrer schien nachzulassen.

Die Unterredung schien kein Ende zu nehmen. Der Mann flehte und weinte die ganze Zeit, indem er auf Elia und das Haus wies, in dem der Stadthauptmann wohnte. Die Soldaten wirkten weiterhin verstimmt.

Schließlich trat der Offizier, der seine Sprache sprach, zu ihm.

»Unser Spion«, sagte er und wies auf den Mann, »versichert, daß wir uns irren. Er hat uns die Pläne der Stadt gegeben, und wir können seinen Worten vertrauen. Ihr seid nicht der, den wir töten wollten.«

Er gab ihm einen Fußtritt. Elia fiel zu Boden.

»Er sagt, daß Ihr nach Israel gehen werdet, um die Prinzessin abzusetzen, die die Macht in Israel an sich gerissen hat. Ist das wahr?«

Elia antwortete nicht.

»Sagt mir, ob das die Wahrheit ist«, beharrte der Offizier. »Und Ihr könnt in die Stadt gehen und zu Eurem Haus zurückkehren, um noch jene Frau und ihren Sohn zu retten.«

»Ja, es ist wahr«, sagte er. Vielleicht hatte der Herr ihn erhört und würde helfen, sie zu retten.

»Wir könnten Euch als Gefangenen nach Tyrus und Sidon mitnehmen«, fuhr der Offizier fort. »Doch in den kommenden Schlachten würdet Ihr uns nur hinderlich sein. Wir könnten ein Lösegeld für Euch verlangen, doch von wem? Ihr seid in Eurem eigenen Land ein Fremder.«

Der Offizier trat ihm ins Gesicht.

»Ihr seid für nichts zu gebrauchen. Weder bei den Feinden noch den Freunden. Ihr seid wie Eure Stadt: Es lohnt nicht, einen Teil unseres Heeres hier zu lassen, um sie unter Kontrolle zu halten. Wenn wir die Küste erobert haben, gehört uns Akbar sowieso.«

»Ich habe eine Frage«, sagte Elia. »Nur eine Frage.«

Der Offizier sah ihn mißtrauisch an.

»Warum habt Ihr nachts angegriffen? Wißt Ihr denn nicht, daß alle Kriege tagsüber geführt werden?«

»Wir haben kein Gesetz gebrochen. Es gibt keine Tradition, die dies verbietet«, antwortete der Offizier. »Wir hatten viel Zeit, um das Terrain zu erkunden. Ihr wart mit Euren alten Bräuchen beschäftigt und hattet vergessen, daß sich die Dinge geändert haben.«

Ohne ein weiteres Wort verließ ihn die Gruppe. Der Spion trat heran und löste die Fesseln an seinen Händen.

»Ich hatte mir geschworen, Euch eines Tages Eure Großherzigkeit zu vergelten. Ich habe Wort gehalten. Als die Assyrer in den Palast eindrangen, hat ihnen einer der Diener gesagt, daß sich der, den sie suchten, im Haus der Witwe versteckt hielte. Während sie noch unterwegs waren, konnte der echte Stadthauptmann fliehen.«

Elia achtete nicht auf ihn. Feuer prasselte überall, und die Schreie hatten nicht aufgehört.

Trotz des Durcheinanders hielt eine Gruppe noch Disziplin. Wie auf einen unsichtbaren Befehl hin zogen sich die Assyrer zurück.

Die Schlacht von Akbar war zu Ende.

›Sie ist tot‹, sagte er sich. ›Ich will nicht dorthin zurück, weil sie bereits tot ist. Oder sie wurde durch ein Wunder gerettet und kommt selber zu mir.‹

Sein Herz hieß in indes aufzustehen und zu dem Haus zu gehen, in dem sie lebten. Elia kämpfte mit sich selbst. Es war nicht allein die Liebe zu der Frau, die in diesem Augenblick auf dem Spiel stand, sondern sein ganzes Leben, sein Vertrauen in die Ratschlüsse Gottes, der Aufbruch in seine Heimatstadt, der Gedanke daran, daß er einen Auftrag hatte und ihn würde erfüllen können...

Er blickte um sich, suchte nach einem Schwert, um seinem Leben ein Ende zu machen, doch die Assyrer hatten alle Waffen aus Akbar mitgenommen. Er erwog, sich in die Flammen der brennenden Häuser zu stürzen, doch er hatte Angst vor den Schmerzen.

Einen Moment war er wie gelähmt. Erst allmählich wurde ihm wieder bewußt, was vorgefallen war. Die Frau und ihr Sohn hatten diese Welt zweifellos verlassen, doch er mußte sie den Bräuchen entsprechend bestatten. Die Arbeit für den Herrn – ob es Ihn nun gab oder nicht – war in diesem Moment seine einzige Stütze. Nachdem er seine religiöse Pflicht erfüllt hatte, würde er sich dem Schmerz und dem Zweifel hingeben.

Immerhin bestand die Möglichkeit, daß sie noch lebten. Er konnte also nicht einfach untätig stehenbleiben.

»Ich will ihre verkohlten Gesichter nicht sehen, das von der Haut gelöste Fleisch. Ihre Seelen wandeln bereits frei im Himmel.«

Dennoch machte er sich, hustend und halb erstickt vom Rauch, der alles einnebelte, auf den Weg zum Haus. Der Feind hatte sich zurückgezogen, doch nun machte sich Panik breit, und die Menschen liefen ziellos umher und forderten unter Tränen ihre Toten von den Göttern zurück.

Er suchte jemanden, der ihm helfen könnte. Der einzige Mann, den er erblickte, befand sich in tiefstem Schockzustand. Er war weit weg von hier.

»Ich gehe wohl besser direkt hin, ohne erst Hilfe zu holen.« Er kannte Akbar so gut wie seine Heimatstadt, und es gelang ihm, sich zu orientieren, obschon er viele Orte nicht wiedererkannte, an denen er sonst vorbeikam. Die Schreie auf der Straße machten jetzt mehr Sinn. Das Volk begann zu begreifen, daß eine Tragödie geschehen war und daß es darauf reagieren mußte.

»Hier ist ein Verletzter«, rief jemand.

»Wir brauchen mehr Wasser! Wir werden das Feuer nicht löschen können«, rief ein anderer.

»Helft mir! Mein Mann ist eingeklemmt!«

Nun stand er vor dem Haus, das ihn viele Monate zuvor wie einen Freund aufgenommen hatte. Unweit saß eine alte Frau nackt mitten auf der Straße. Elia versuchte ihr zu helfen, doch sie schob ihn weg:

»Sie stirbt!« schrie die Alte. »So tut doch etwas! Schafft die Wand weg, unter der sie liegt!«

Und sie begann hysterisch zu schreien. Elia packte sie bei den Armen und schob sie weit weg, weil sie mit ihrem Geschrei das Wimmern der Frau übertönte. Das Haus war nur noch ein Trümmerhaufen, Dach und Wände waren eingestürzt, alles eine einzige unkenntliche Masse. Er bahnte sich einen Weg durch das Geröll, das den Boden bedeckte, und gelangte an den Ort, wo einst das Zimmer der Frau gewesen war.

Nun vernahm er, durch den Lärm von der Straße hindurch, ein Wimmern. Es war ihre Stimme.

Instinktiv schüttelte er den Staub von seinen Kleidern, wie um sich schön zu machen, schweigend konzentrierte er sich. Das Feuer knisterte, die Hilferufe der Verschütteten in den benachbarten Häusern gellten an seine Ohren: Wollten sie endlich still sein, damit er die Frau und ihren Sohn finden konnte! Lange geschah nichts, dann, endlich, hörte er unter den Bohlen zu seinen Füßen ein Kratzen.

Da kniete er nieder und begann wie ein Verrückter zu graben. Dann berührte seine Hand etwas Warmes: Es war Blut.

»Stirb nicht, bitte«, sagte er.

»Laß die Trümmer auf mir liegen«, hörte er ihre Stimme sagen. »Ich möchte nicht, daß du mein Gesicht siehst. Geh und hilf meinem Sohn.«

Er grub weiter, und die Stimme sagte wieder:

»Such den Leichnam meines Sohnes. Bitte tu, um was ich dich bitte.«

Elia ließ den Kopf hängen und begann leise zu weinen.

»Ich weiß nicht, wo er verschüttet ist«, sagte er. »Bitte geh nicht. Ich möchte so gern, daß du bei mir bleibst. Du mußt mich lehren zu lieben, mein Herz ist bereit.«

»Bevor du gekommen bist, habe ich mir jahrelang den

Tod gewünscht. Er wird mich erhört haben und ist nun gekommen, um mich zu holen.«

Sie seufzte. Elia biß sich auf die Lippen und sagte nichts. Jemand berührte ihn an der Schulter.

Er wandte sich erschrocken um und sah den Jungen. Er war mit Staub und Ruß bedeckt, doch er schien unverletzt.

»Wo ist meine Mutter?« fragte er.

»Hier bin ich, mein Sohn«, antwortete die Stimme unter den Trümmern. »Bist du verletzt?«

Der Junge begann zu weinen. Elia nahm ihn in die Arme.

»Du weinst, mein Sohn«, sagte die Stimme, die immer schwächer wurde. »Weine nicht. Deine Mutter hat sich schwer damit getan, zu lernen, daß das Leben einen Sinn hat. Ich hoffe, es ist mir gelungen, es dir beizubringen. Wie sieht die Stadt aus, in der du geboren wurdest?«

Elia und der Junge schwiegen fest aneinandergeklammert.

»Sie sieht gut aus«, log Elia. »Einige Krieger sind gestorben, doch die Assyrer haben sich schon zurückgezogen. Sie waren hinter dem Stadthauptmann her, um den Tod eines ihrer Generäle zu rächen.«

Wieder Schweigen. Und abermals, immer schwächer, die Stimme.

»Sag mir, daß die Stadt gerettet ist.«

Er fühlte, daß sie jeden Augenblick von ihnen gehen würde.

»Die Stadt ist unversehrt. Und deinem Sohn geht es gut.«

»Und dir?«

»Ich habe überlebt.«

Er wußte, daß er mit diesen Worten ihre Seele befreite und sie in Frieden sterben ließ.

»Bitte meinen Sohn niederzuknien«, sagte die Frau nach einer Weile. »Ich möchte, daß du mir im Namen Gottes, deines Herrn, etwas schwörst.«

»Was immer du willst. Alles, was du willst.«

»Du hast mir einmal gesagt, daß der Herr allgegenwärtig ist, und ich habe es geglaubt. Du sagtest, daß die Seelen nicht auf den Gipfel des Fünften Berges gingen, und ich habe es dir auch geglaubt. Aber du hast mir nicht erklärt, wohin sie gehen.

Und dies ist der Schwur: Ihr werdet nicht um mich weinen, einer wird für den anderen sorgen, bis der Herr erlaubt, daß ein jeder seinen eigenen Weg geht. Von nun an wird sich meine Seele mit allem vereinen, was ich auf dieser Erde kennengelernt habe: Ich bin das Tal, die Berge ringsum, die Stadt, die Menschen, die durch ihre Straßen gehen. Ich bin ihre Verwundeten und ihre Bettler, ihre Soldaten, ihre Priester, ihre Kaufleute, ihre Aristokratie. Ich bin der Boden unter deinen Füßen und der Brunnen, der den Durst aller stillt.

Weint nicht um mich, denn es gibt keinen Grund, traurig zu sein. Von nun an bin ich Akbar, und die Stadt ist schön.«

Die Stille des Todes kam, der Wind hörte auf zu wehen. Elia hörte weder die Schreie von draußen noch das in den Nachbarhäusern prasselnde Feuer. Er hörte nur noch die fast greifbare Stille.

Dann führte Elia den Jungen hinweg, zerriß seine Kleider und brüllte, zum Himmel gewandt, mit der ganzen Kraft seiner Lungen:

»Mein Herr und Gott! Deinetwegen habe ich Israel verlassen und konnte Dir mein Blut nicht schenken wie die anderen Propheten, die dortgeblieben sind. Ich wurde von meinen Freunden Feigling und von meinen Feinden Verräter genannt.

Um Deinetwillen habe ich nur gegessen, was mir der Rabe brachte, und für Dich habe ich die Wüste bis nach Akbar durchquert. Von Deiner Hand geleitet, habe ich eine Frau gefunden, von Dir geführt, hat mein Herz sie lieben gelernt. Trotzdem habe ich keinen Moment meine wahre Mission vergessen, all die Tage, die ich hier verbrachte, war ich immer bereit aufzubrechen.

Das schöne Akbar ist nur noch ein Trümmerhaufen, und die Frau, die Du mir anvertraut hast, liegt unter ihm begraben. Wo habe ich gesündigt, Herr? In welchem Augenblick habe ich mich von dem entfernt, was Du von mir erwartetest? Wenn Du nicht mit mir zufrieden warst, warum hast Du dann nicht mich von dieser Welt genommen, statt zum zweiten Mal diejenigen in Not zu stürzen, die mir geholfen und mich geliebt haben?

Ich begreife Deine Ratschlüsse nicht. Ich sehe keine Gerechtigkeit in Deinem Handeln. Ich kann das Leiden, das Du mir auferlegt hast, nicht ertragen. Entferne Dich aus meinem Leben, denn auch ich bin nur noch Trümmer, Feuer und Staub.«

Da kam mitten im Feuer und in den Trümmern das Licht. Und der Engel des Herrn erschien.

»Was tust du hier?« fragte Elia. »Siehst du nicht, daß es zu spät ist?«

»Ich bin gekommen, um dir abermals zu sagen, daß Gott dein Gebet erhört hat und dir geben wird, worum du ihn bittest. Du wirst deinen Engel nicht mehr hören, und auch ich werde dich nicht mehr aufsuchen, bis die Tage deiner Prüfung vorüber sind.«

Elia nahm den Jungen bei der Hand, und sie irrten ziellos durch die Straßen, in denen sich der Rauch staute, denn der Wind hatte sich gelegt.

»Vielleicht ist dies alles nur ein Traum«, dachte er. »Ein einziger Alptraum.«

»Du hast meine Mutter angelogen«, sagte der Junge. »Die Stadt ist zerstört.«

»Na und? Wenn sie nicht sehen konnte, was um sie herum geschah, warum sollte sie dann nicht glücklich sterben?«

»Weil sie dir vertraute und sagte, sie sei Akbar.«

Er verletzte sich den Fuß an den Glas- und Keramikscherben, die überall auf dem Boden verstreut lagen. Der Schmerz zeigte ihm, daß er nicht träumte, daß alles um ihn herum schreckliche Wirklichkeit war. Es gelang ihnen, bis zu dem Platz zu kommen, auf dem sich einstmals – vor undenklichen Zeiten – das Volk versammelt und er geholfen hatte, Streit zu schlichten. Der Himmel leuchtete gelb vom Feuer der Brandstätten.

»Ich will nicht, daß meine Mutter das ist, was ich sehe«, beharrte der Junge. »Du hast sie angelogen.«

Dem Jungen gelang es, seinen Schwur zu halten. Elia sah keine einzige Träne auf seinem Gesicht. ›Was mache ich nur?‹ dachte er. Sein Fuß blutete, und er beschloß, sich auf den Schmerz zu konzentrieren. Er würde ihn von der Verzweiflung fernhalten.

Er sah sich die Wunde an, die das Schwert des Assyrers an seinem Körper geschlagen hatte. Sie war nicht so tief wie vermutet. Er setzte sich mit dem Jungen an denselben Platz, an dem er von den Feinden gefesselt und von einem Verräter gerettet worden war. Er bemerkte, daß die Menschen jetzt nicht mehr umherliefen, sondern in einer Wolke von Rauch und Staub zwischen den Ruinen umherschlichen, wie lebende Tote, wie vom Himmel vergessene Seelen, die dazu verdammt waren, ewig auf Erden umherzuirren – sinnlos.

Einige wenige taten etwas. Er hörte die Stimmen der Frauen und einige unklare Befehle der wenigen Soldaten, die das Massaker überlebt hatten und die nur Verwirrung stifteten.

Die Welt sei der kollektive Traum der Götter, hatte der Priester einmal gesagt. Elia mußte ihm irgendwie recht geben. Doch würde der Priester die Götter aus diesem Alptraum aufwecken, um sie mit einem sanfteren Traum wieder einschlafen zu lassen? Als er selbst nächtliche Visionen hatte, war er immer aufgewacht und dann wieder eingeschlafen, warum sollte es den Göttern da nicht gleich ergehen?

Immer wieder stolperte er über Leichen. Die waren ihre Steuersorgen los und scherten sich nicht um die Assyrer, die im Tal kampierten, die religiösen Rituale oder das Leben eines umherirrenden Propheten, mit dem sie vielleicht einmal ein paar Worte gewechselt hatten.

›Ich kann hier nicht die ganze Zeit bleiben. Das Erbe, das sie mir hinterließ, ist dieser Junge, und ich werde mich seiner würdig erweisen, auch wenn dies das letzte ist, was ich auf Erden tue.‹

Mühsam erhob er sich, nahm den Jungen wieder bei der Hand, und sie gingen weiter. Er ertappte Leute dabei, wie sie die Läden und umgestoßenen Marktstände plünderten. Zum ersten Mal nahm er nicht alles gleichgültig hin und bat sie, davon abzulassen.

Doch die Leute schoben ihn beiseite und sagten:

»Laß uns in Ruhe, wir essen nur die Brosamen von dem, was der Stadthauptmann übriggelassen hat.«

Elia hatte nicht die Kraft zum Streiten. Er führte den Jungen aus der Stadt heraus, und sie begannen durch das Tal zu wandern. Die Engel mit ihren Flammenschwertern würden fernbleiben.

»Vollmond.«

Fern vom Staub und vom Rauch stand er in der klaren vom Mondschein erleuchteten Nacht. Stunden zuvor, als er die Stadt in Richtung Jerusalem verließ, hatte er sich mühelos zurechtgefunden, und ähnlich war es wohl den Assyrern ergangen.

Der Junge stolperte über einen Leichnam und schrie auf. Es war der Priester. Er hatte weder Arme noch Beine mehr, doch er lebte noch. Seine Augen starrten auf den Fünften Berg.

»Wie Ihr seht, haben die phönizischen Götter die himmlische Schlacht gewonnen«, brachte er unter Schwierigkeiten, doch mit ruhiger Stimme hervor. Blut lief ihm aus dem Mund.

»Laßt mich Eurem Leiden ein Ende bereiten«, entgegnete Elia.

»Der Schmerz bedeutet nichts angesichts der Freude, meine Pflicht erfüllt zu haben.«

»War es Eure Pflicht, eine Stadt gerechter Menschen zu zerstören?«

»Eine Stadt stirbt nicht – nur ihre Bewohner und die Ideen, die sie in sich tragen. Eines Tages werden andere nach Akbar kommen, sein Wasser trinken, und der Stein, den sein Gründer zurückgelassen hat, wird von neuen Priestern blankgerieben werden. Geht, mein Schmerz wird bald zu Ende sein, doch Eure Verzweiflung wird bis an Euer Lebensende dauern.«

Der verstümmelte Körper atmete schwer, und Elia ließ ihn liegen. Da kam eine Gruppe von Männern und Frauen auf ihn zugelaufen und umringte ihn.

»Ihr wart es«, schrien sie. »Ihr habt Euer Land entehrt und einen Fluch über unsere Stadt gebracht!«

»Mögen die Götter dies sehen! Mögen sie wissen, wer der Schuldige ist!«

Die Männer stießen ihn und schüttelten ihn an den Schultern. Der Junge entwand sich seinen Händen und verschwand. Die Leute schlugen ihm ins Gesicht, auf die Brust, auf den Rücken, doch er dachte nur an den Jungen. Er hatte ihn nicht einmal bei sich behalten können.

Sie schlugen ihn nicht lange. Vielleicht waren sie von so viel Gewalt müde geworden. Elia fiel zu Boden.

»Verschwindet von hier!« sagte jemand. »Ihr habt Liebe mit Haß vergolten.«

Die Gruppe ging von dannen. Er hatte nicht einmal mehr die Kraft, sich zu erheben. Als er sich von der Schmach erholt hatte, war er nicht mehr derselbe Mann. Er wollte weder sterben noch weiterleben. Er wollte überhaupt nichts: Er hatte keine Liebe, keinen Haß, keinen Glauben.

Er erwachte, als jemand sein Gesicht berührte. Es war noch dunkel, doch der Mond stand nicht mehr am Himmel.

»Ich habe meiner Mutter versprochen, mich um dich zu kümmern«, sagte der Junge. »Aber ich weiß nicht, was ich tun soll.«

»Geh in die Stadt zurück. Die Menschen sind gut, und irgend jemand wird dich schon aufnehmen.«

»Du bist verletzt. Ich muß deinen Arm pflegen. Vielleicht erscheint ja ein Engel und sagt mir, was ich tun soll.«

»Du hast keine Ahnung, du weißt überhaupt nicht, was hier los ist!« brüllte Elia. »Die Engel kommen nicht zurück, weil wir gewöhnliche Menschen sind, und alle sind geschwächt durch das viele Leid. Wenn Tragödien geschehen, müssen sich die gewöhnlichen Menschen mit eigenen Mitteln weiterhelfen!«

Er atmete tief durch und versuchte sich zu beruhigen. Es brachte nichts, sich zu streiten.

»Und wie bist du hierher gekommen?«

»Ich bin gar nicht weggegangen.«

»Dann hast du also meine Schmach gesehen. Hast gesehen, daß ich hier in Akbar nichts mehr zu tun habe.«

»Du hast mir gesagt, daß alle Schlachten für irgend etwas gut sind, selbst die, in denen wir geschlagen werden.«

Er erinnerte sich an den Spaziergang zum Brunnen. Das was gestern gewesen, doch ihm kam es so vor, als seien seither Jahre vergangen. Er hätte gern gesagt, daß schöne Worte nichts gegen Leid vermögen, doch er wollte den Jungen nicht erschrecken und fragte statt dessen:

»Wie bist du dem Brand entkommen?«

Der Junge senkte den Kopf. »Ich hatte nicht geschlafen.

Ich beschloß, die Nacht wach zu bleiben, um zu sehen, ob du und Mama sich in ihrem Zimmer treffen. Ich sah die ersten Soldaten hereinkommen.«

Elia erhob sich. Er suchte den Felsen vor dem Fünften Berg, wo er an jenem Nachmittag mit der Frau dem Sonnenuntergang zugeschaut hatte.

›Ich will nicht dorthin gehen‹, dachte er. ›Ich verzweifle nur noch mehr.‹

Doch eine Kraft zog ihn in diese Richtung. Als er dort angelangt war, weinte er bittere Tränen. Wie die Stadt Akbar war auch dieser Ort durch einen Stein gekennzeichnet, und Elia war der einzige im ganzen Tal, dem er etwas bedeutete. Keine neuen Bewohner würden ihn lobpreisen, noch Liebespaare ihn blank reiben.

Er nahm den Jungen in seine Arme und schlief wieder ein.

»Ich bin durstig und hungrig«, sagte der Junge zu Elia, als dieser aufwachte.

»Wir können zu den Hirten gehen, die hier in der Nähe leben. Ihnen wird nichts geschehen sein, da sie nicht in Akbar wohnen.«

»Wir müssen die Stadt wieder aufbauen. Meine Mutter hat gesagt, sie sei Akbar.«

Welche Stadt denn? Es gab keinen Palast, keinen Markt und keine Mauern mehr. Anständige Leute waren zu Straßenräubern geworden, junge Soldaten hingemetzelt. Die

Engel würden nicht zurückkehren – doch das war von allem sein geringstes Problem.

»Glaubst du, daß die Zerstörung, der Schmerz, die Toten von gestern einen Sinn hatten? Glaubst du, daß es notwendig ist, Tausende von Leben zu zerstören, um irgend jemandem irgend etwas damit beizubringen?«

Der Junge blickte ihn entsetzt an.

»Vergiß, was ich gesagt habe«, sagte Elia. »Wir werden zu den Hirten gehen.«

»Und wir werden die Stadt wieder aufbauen«, beharrte der Junge.

Elia antwortete nicht. Er wußte, daß es ihm nicht gelingen würde, seine Autorität bei einem Volk wieder durchzusetzen, das ihn beschuldigte, Unglück über die Stadt gebracht zu haben. Der Stadthauptmann war geflohen, der Kommandant tot, Tyrus und Sidon würden höchstwahrscheinlich unter fremde Herrschaft fallen. Vielleicht hatte die Frau recht. Die Götter änderten sich immer – und diesmal war es der Herr gewesen, der gegangen war.

»Wann kehren wir nach Akbar zurück?« fragte der Junge abermals.

Elia packte ihn bei den Schultern und schüttelte ihn heftig.

»Blick zurück! Du bist kein blinder Engel, sondern ein Junge, der beobachten wollte, was seine Mutter tat. Was siehst du? Erkennst du die Rauchsäulen, die dort aufsteigen? Weißt du, was sie bedeuten?«

»Du tust mir weh! Ich will hier weg!«

Erschrocken hielt Elia inne. Der Junge entwand sich seinem Griff und begann auf die Stadt zuzulaufen. Es gelang Elia, ihn einzuholen, und er kniete vor ihm nieder.

»Vergib mir. Ich weiß nicht, was ich tue.«

Der Junge schluchzte, doch keine einzige Träne rann über sein Gesicht. Elia setzte sich neben ihn und wartete, bis er sich beruhigt hatte.

»Geh nicht«, bat er. »In dem Augenblick, in dem deine Mutter von uns gegangen ist, habe ich versprochen, bei dir zu bleiben, bis du deinen eigenen Weg gehen kannst.«

»Du hast aber auch versprochen, daß die Stadt unversehrt sei. Und sie hat gesagt…«

»Du brauchst es nicht zu wiederholen. Ich bin verwirrt, in meiner eigenen Schuld verloren. Gib mir Zeit, daß ich mich selbst wiederfinde. Verzeih mir, ich wollte dich nicht verletzen.«

Der Junge umarmte ihn. Doch seine Augen blieben trocken.

Sie gelangten zum Haus in der Mitte des Tales. Eine Frau stand an der Tür, und zwei kleine Kinder spielten davor. Die Herde war im Pferch – das bedeutete, daß der Hirte an jenem Morgen nicht in die Berge aufgebrochen war.

Die Frau blickte den Mann und den Jungen, die auf sie zukamen, erschrocken an. Sie wollte sie wegschicken, doch die Tradition – und die Götter – verlangten, daß sie ihnen Gastrecht gewährte. Wenn sie sie jetzt nicht aufnahm, würden dereinst ihre Kinder dafür büßen müssen.

»Ich habe kein Geld«, sagte sie. »Doch ich kann euch ein wenig Wasser und etwas zu essen geben.«

Sie setzten sich auf die kleine Veranda mit dem Strohdach, und sie brachte getrocknete Früchte und einen Krug Wasser. Sie aßen schweigend und hatten zum ersten Mal wieder das Gefühl von Alltag. Die Kinder waren erschreckt über ihren Anblick ins Haus geflüchtet.

Als er seinen Teller leer gegessen hatte, fragte Elia nach dem Hirten.

»Er wird bald kommen«, antwortete sie. »Wir haben den Lärm bis hier heraus gehört, und heute morgen kam jemand hier vorbei, der sagte, Akbar sei zerstört. Nun ist mein Mann nachsehen gegangen, was geschehen ist.«

Die Kinder riefen, und sie ging ins Haus.

›Es bringt nichts, den Jungen umstimmen zu wollen‹, dachte Elia. ›Er wird keine Ruhe geben, bis ich nicht tue, worum er mich bittet. Ich muß ihm zeigen, daß es unmöglich ist, nur so wird er sich überzeugen lassen.‹

Das Essen und das Wasser wirkten Wunder. Er fühlte sich wieder als ein Teil der Welt.

Ein Gedanke jagte den anderen, und er suchte nach Lösungen statt nach Antworten.

Wenig später kam der Hirte. Zuerst blickte er ängstlich auf den Mann und den Jungen. Doch dann begriff er:

»Ihr seid sicher Flüchtlinge aus Akbar«, sagte er. »Da komme ich gerade her.«

»Und was geschieht dort?« fragte der Junge.

»Die Stadt ist zerstört, und der Stadthauptmann auf und davon. Die Götter brachten Chaos in die Welt.«

»Wir haben alles verloren, was wir hatten«, sagte Elia. »Wir wären Euch dankbar, wenn Ihr uns aufnehmen könntet.«

»Ich denke, meine Frau hat euch bereits aufgenommen und gespeist. Jetzt müßt ihr aufbrechen und euch dem Unabwendbaren stellen.«

»Ich weiß nicht, was ich mit einem Jungen anfangen soll. Ich brauche Hilfe.«

»Natürlich wißt Ihr es. Er ist jung, aufgeweckt und voller Energie. Ihr habt in Eurem Leben viele Siege errungen und viele Niederlagen einstecken müssen. Beides zusammen wird Euch helfen, zur Weisheit zu finden.«

Der Mann untersuchte Elias Armverletzung, die er nicht weiter schlimm fand. Als er mit einigen Kräutern und einem Stück Stoff zurückkam, half ihm der Junge, den Umschlag anzulegen, und ließ sich nicht abwimmeln, als der Hirte meinte, er käme allein zurecht: »Ich habe meiner Mutter versprochen, mich um diesen Mann zu kümmern.«

Der Hirte lachte.

»Ihr Sohn ist ein Mann, der zu seinem Wort steht.«

»Ich bin nicht sein Sohn. Und auch er ist ein Mann, der zu seinem Wort steht. Er wird die Stadt wieder aufbauen, denn er muß meine Mutter wieder zurückbringen, so wie er es mit mir getan hat.«

Elia begriff plötzlich, was den Jungen bewegte, doch noch bevor er etwas sagen konnte, rief der Hirte ins Haus: »Ich muß gleich wieder weg.« Und zu den beiden sagte er: »Mit dem Aufbauen fangt lieber gleich an. Es wird lange dauern, bis alles wieder so ist, wie es einmal war.«

»Es wird niemals wieder so.«

»Ihr mögt ein weiser junger Mann sein und vieles verstehen, was ich nicht verstehe. Doch die Natur hat mich etwas gelehrt, was ich nie vergessen habe: Ein Mensch hängt vom Wetter und den Jahreszeiten ab. Und nur so kann ein Hirte die Schläge der Natur überleben. Er sorgt für seine Herde, kümmert sich um jedes Tier, als wäre es das einzige, versucht den Muttertieren mit ihren Jungen zu helfen, entfernt sich nie weit von einem Ort, an dem die Tiere trinken können. Dennoch kommt hin und wieder eins seiner Schafe um. Es wird von einer Schlange gebissen, von einem wilden Tier angefallen oder es stürzt in einen Abgrund. Das Unabwendbare geschieht immer.«

Elia sah nach Akbar hinüber und erinnerte sich an das Gespräch mit dem Engel. Das Unabwendbare geschieht immer.

»Man braucht Disziplin und Geduld, um es zu überwinden.«

»Und Hoffnung. Ohne sie gibt man den Kampf gegen das Unmögliche lieber gleich auf.«

»Es geht dabei nicht um die Hoffnung in die Zukunft. Es geht darum, die eigene Vergangenheit wieder zu erschaffen.«

Der Hirte hatte es jetzt nicht mehr eilig, sein Herz hatte Mitleid mit den Flüchtlingen vor ihm. Da er und seine Familie vom Unglück verschont geblieben waren, war es nur recht und billig, wenn er ihnen half – den Göttern zuliebe. Zudem hatte er schon von dem israelitischen Propheten gehört, der auf den Fünften Berg gestiegen war, ohne vom Feuer des Himmels getroffen zu werden. Alles wies darauf hin, daß ebendieser Mann jetzt vor ihm stand.

»Ihr könnt noch einen Tag bleiben, wenn Ihr wollt.«

»Ich habe das vorher nicht verstanden«, meinte Elia. »Was bedeutet, die eigene Vergangenheit wieder zu erschaffen?«

»Ich habe immer die Leute auf ihrem Weg nach Tyrus und Sidon hier vorbeikommen sehen. Einige klagten, sie hätten in Akbar nichts erreicht, und suchten nach einer anderen Zukunft.

Irgendwann kamen alle wieder hier vorbei. Sie hatten immer noch nichts erreicht, weil sie mit ihrem Gepäck auch das Gewicht ihrer vergangenen Niederlagen mitgeschleppt hatten. Der eine oder andere hatte einen Regierungsposten ergattert oder einen besseren Lehrer für seine Kinder – doch mehr war es nie. Denn ihr Leben in Akbar hatte sie ängstlich gemacht, und es fehlte ihnen an Selbstvertrauen, um sich hinauszuwagen.

Aber es sind hier auch viele erfüllte und begeisterte Menschen vorbeigezogen, die jede Minute in Akbar genutzt und das nötige Geld für die Reise gespart hatten, die sie machen wollten. Für diese Menschen war und ist das Leben ein ständiger Sieg. Und sie konnten wunderbare Geschichten erzählen. Sie hatten alles erreicht, was sie wollten, weil sie die vergangenen Niederlagen abgeworfen hatten.«

Die Worte des Hirten trafen Elia mitten ins Herz.

»Wie es nicht unmöglich ist, ein Leben wieder aufzubauen, so ist es auch nicht unmöglich, Akbar aus den Ruinen neu erstehen zu lassen«, fuhr der Hirte fort. »Man muß nur mit derselben Kraft weitermachen wie zuvor. Und sie nutzen.«

Der Mann blickte ihm ins Gesicht.

»Wenn Ihr eine Vergangenheit habt, die Euch nicht befriedigt, dann vergeßt sie jetzt«, fuhr er fort. »Erfindet eine neue Geschichte für Euer Leben und glaubt daran. Konzentriert Euch nur auf die Augenblicke, in denen Ihr erreicht habt, was Ihr wolltet – und dann wird diese Kraft Euch helfen, zu erreichen, was Ihr Euch wünscht.«

›Es gab eine Zeit, da wollte ich Tischler sein und später

ein Prophet, der Israel retten würde‹, dachte er. ›Die Engel stiegen vom Himmel herab, und der Herr sprach zu mir. Bis ich begriff, daß Er nicht gerecht war und seine Beweggründe immer jenseits meines Verständnisses lagen.‹

Der Hirte rief seiner Frau zu, daß er nun doch nicht aufbrechen würde. Er war den ganzen Weg zu Fuß nach Akbar gegangen und wollte den Weg nicht noch einmal zurücklegen.

»Habt Dank dafür, daß Ihr uns aufnehmt«, sagte Elia.

»Es kostet nichts, Euch eine Nacht bei uns aufzunehmen.«

Der Junge unterbrach das Gespräch: »Wir wollen nach Akbar zurück.«

»Laß uns bis morgen warten. Die Stadt wird von ihren eigenen Bewohnern geplündert, es gibt dort keinen Platz, an dem wir schlafen können.«

Der Junge blickte zu Boden, biß sich auf die Lippen und weinte wieder nicht. Der Hirte führte beide ins Haus, beruhigte die Kinder und die Frau und verbrachte den Rest des Tages mit belangloseren Gesprächen, um sie auf andere Gedanken zu bringen.

Am nächsten Tag standen sie früh auf, aßen, was die Frau des Hirten ihnen zubereitet hatte, und verabschiedeten sich:

»Möge Euer Leben lang sein und Eure Herde ständig wachsen«, sagte Elia. »Ich habe gegessen, was mein Körper brauchte, und meine Seele hat gelernt, was sie noch nicht wußte. Möge Gott Euch niemals vergessen, was Ihr für uns getan habt, und mögen Eure Kinder niemals Fremde in einem fremden Land sein.«

»Ich weiß nicht, von welchem Gott Ihr sprecht. Der Fünfte Berg hat viele Bewohner«, sagte der Hirte barsch, um dann versöhnlicher fortzufahren: »Erinnert Euch der guten Werke, die Ihr getan habt. Sie werden Euch Mut geben.«

»Ich habe nur wenig Gutes getan und nie von mir aus und aus eigener Kraft.«

»Dann ist es Zeit, mehr zu tun.«

»Vielleicht hätte ich die Invasion verhindern können.«

Der Hirte lachte.

»Selbst wenn Ihr der Stadthauptmann von Akbar wäret, hättet Ihr das Unabwendbare nicht aufhalten können.«

»Vielleicht hätte der Stadthauptmann die Assyrer angreifen sollen, als sie mit wenig Truppen im Tal ankamen. Und Frieden aushandeln sollen, bevor der Krieg ausbrach.«

»Alles, was hätte geschehen können, aber nicht geschehen ist, trägt schließlich der Wind mit sich fort und läßt keine Spur zurück«, sagte der Hirte. »Das Leben entspricht unserer Einstellung zum Leben. Und es gibt Dinge, die uns die Götter zwingen zu leben. Ihre Beweggründe gehen uns nichts an, und wir können noch so sehr alles daransetzen, um verschont zu bleiben, es nützt doch nichts.«

»Warum?«

»Das fragt den israelitischen Propheten in Akbar. Angeblich weiß er auf alles eine Antwort.«

Der Mann ging zum Pferch.

»Ich muß meine Herde zur Weide führen«, sagte er. »Gestern sind sie hier nicht herausgekommen und sind jetzt ungeduldig.«

Er winkte ihnen zum Abschied und zog mit seinen Schafen davon.

Der Junge und der Mann gingen durch das Tal.

»Du gehst langsam«, sagte der Junge. »Hast du Angst vor dem, was passieren könnte?«

»Ich habe nur vor mir selber Angst«, antwortete Elia. »Niemand kann mir etwas antun, denn mein Herz ist nicht mehr.«

»Der Gott, der mich vom Tode zurückgeholt hat, lebt. Er kann meine Mutter zurückholen, wenn du dasselbe mit der Stadt tust.«

»Vergiß diesen Gott. Er ist fern und tut nicht mehr die Wunder, die wir von Ihm erwarten.«

Der Hirte hatte recht. Von diesem Augenblick an mußte er seine eigene Vergangenheit wieder aufbauen, vergessen, daß er sich einmal für einen Propheten gehalten hatte, der Israel befreien mußte, aber versagt hatte, als es darum ging, eine Stadt zu retten.

Dieser Gedanke ließ ihn seltsam hochgestimmt werden. Zum ersten Mal in seinem Leben fühlte er sich frei – bereit, das zu tun, was er für richtig hielt, und zwar dann, wann er es wollte. Er würde keine Engel mehr hören, das war gewiß, doch dafür war er frei, nach Israel zurückzukehren, wieder als Tischler zu arbeiten, nach Griechenland zu reisen, um dort von den Weisen zu lernen oder mit den phönizischen Seefahrern in ferne Länder jenseits des Meeres aufzubrechen.

Vorher mußte er sich allerdings rächen. Er hatte die besten Jahre seiner Jugend einem tauben Gott gewidmet, der nur Befehle gab und alles immer auf Seine Art machte. Er hatte gelernt, Seine Entscheidungen zu akzeptieren und Seine Ratschlüsse zu respektieren.

Doch seine Treue war damit entgolten worden, daß er verlassen wurde, sein Eifer wurde nicht wahrgenommen, seine Bemühungen, den höchsten Willen zu erfüllen, hatten den Tod der einzigen Frau zur Folge, die er je geliebt hatte.

»Du hast Macht über die Welt und die Sterne«, sagte Elia in seiner Muttersprache, damit der Junge neben ihm seine Worte nicht verstand. »Du kannst eine Stadt, ein Land zerstören, wie wir Insekten töten. Dann schicke doch das Feuer des Himmels und mach meinem Leben ein Ende, ansonsten werde ich mich gegen Dein Werk wenden.«

Akbar tauchte in der Ferne auf. Er nahm die Hand des Jungen und drückte sie fest.

»Von nun an, bis wir durch die Stadttore treten, werde ich mit geschlossenen Augen gehen, und du mußt mich führen«, bat er den Jungen. »Wenn ich unterwegs sterbe, dann tu, worum du mich gebeten hast: Baue Akbar wieder auf, auch wenn du dafür erst einmal erwachsen werden und lernen mußt, wie man Holz oder Steine bearbeitet.«

Der Junge sagte nichts. Elia schloß die Augen und ließ sich führen. Er hörte das Rauschen des Windes und das Knirschen der eigenen Schritte im Sand.

Er erinnerte sich an Mose. Denn obschon er das auserwählte Volk befreit und durch die Wüste geführt hatte und dafür vielerlei Schwierigkeiten überwinden mußte, erlaubte ihm Gott nicht, Kanaan zu betreten. Damals hatte Mose gesagt: »*Laß mich hinübergehen und sehen das gute Land jenseits des Jordans.*«

Der Herr war erzürnt über seine Bitte. Und sagte: »*Laß es genug sein! Rede mir davon nicht mehr! Steige auf die Höhe des Berges Pisga und hebe deine Augen auf gegen Abend und gegen Mitternacht und gegen Morgen und siehe es mit Augen; denn du wirst nicht über diesen Jordan gehen.*«

So entgolt der Herr Moses lange, schwere Arbeit, indem er ihm verwehrte, das Gelobte Land zu betreten. Was wäre geschehen, wenn er nicht gehorcht hätte?

Elia wandte seine Gedanken wieder dem Himmel zu.

»Mein Herr, diese Schlacht war kein Kampf zwischen den Assyrern und den Phöniziern, sondern zwischen Dir und mir. Du hast mir unseren persönlichen Krieg nicht angekündigt, und wie immer hast Du gesiegt und Deinen Willen geschehen lassen. Du hast die Frau vernichtet, die ich liebte, und die Stadt, die mich aufnahm, als ich fern meiner Heimat war.«

Der Wind blies stärker in seinen Ohren. Elia erschrak, doch er fuhr fort:

»Ich kann diese Frau nicht wieder zurückholen, doch ich kann das Schicksal des Werkes Deiner Zerstörung ändern. Mose hat sich Deinem Willen gefügt und den Fluß nicht überschritten. Ich hingegen werde weitergehen: Töte mich sofort, denn wenn Du mich bis zu den Toren der Stadt gelangen läßt, werde ich aufbauen, was Du vom Antlitz der

Erde fegen wolltest. Ich werde mich gegen Deinen Willen stellen.«

Mehr sagte er nicht. Er ließ seinen Kopf ganz leer werden und wartete auf den Tod. Lange konzentrierte er sich nur auf das Knirschen seiner Schritte im Sand – er wollte die Stimme der Engel oder die Drohungen des Himmels nicht hören. Sein Herz war frei, und er fürchtete nicht mehr, was ihm geschehen könnte. Dennoch begann irgend etwas tief in seiner Seele ihn zu bedrängen – als hätte er etwas Wichtiges vergessen.

Sie waren lange gegangen, da blieb der Junge stehen und rüttelte Elia am Arm.

»Wir sind da«, sagte er.

Elia öffnete die Augen. Das Feuer des Himmels war nicht über ihn herabgekommen, und um ihn herum lagen die zerstörten Mauern von Akbar.

Er blickte den Jungen an, der ihn nun an den Händen festhielt, als fürchtete er, er könnte ihm entkommen. Liebte er ihn? Er wußte es nicht. Jetzt hatte er eine Aufgabe zu erfüllen, die erste seit vielen Jahren, die ihm nicht Gott auferlegt hatte.

Dort, wo sie standen, konnten sie den Brandgeruch riechen. Raubvögel kreisten am Himmel und warteten auf den rechten Augenblick, um auf die Leichen der Wachsoldaten herabzustoßen, die in der Sonne verwesten. Elia ging zu einem der toten Soldaten und nahm ihm das Schwert aus dem Gürtel. Im Durcheinander der vorangegangenen Nacht hatten die Assyrer vergessen, auch vor der Stadt die Waffen einzusammeln.

»Wozu brauchst du das?« fragte der Junge.

»Um mich zu verteidigen.«

»Die Assyrer sind nicht mehr da.«

»Trotzdem ist es gut, es bei mir zu haben. Wir müssen auf alles vorbereitet sein.«

Seine Stimme zitterte. Man konnte nicht wissen, was geschehen würde, wenn sie durch die halbzerstörte Mauer in die Stadt traten, doch er war bereit, jeden zu töten, der ihn erniedrigte.

»Ich bin mit dieser Stadt zerstört worden«, sagte er zum Jungen. »Doch wie diese Stadt habe auch ich meine Mission noch nicht erfüllt.«

Der Junge lächelte.

»Du redest wieder wie vorher«, sagte er.

»Laß dich durch die Worte nicht täuschen. Vorher war mein Ziel, Isebel vom Thron zu stoßen und Israel dem Herrn zurückzugeben, und jetzt, wo Er uns vergessen hat, müssen auch wir Ihn vergessen. Meine Mission ist nun, das zu tun, worum du mich gebeten hast.«

Der Junge sah ihn mißtrauisch an.

»Ohne Gott wird meine Mutter nicht von den Toten zurückkehren.«

Elia strich ihm über den Kopf.

»Nur der Körper deiner Mutter ist gegangen. Sie ist immer noch bei uns und ist, wie sie gesagt hat, Akbar. Wir müssen ihr helfen, ihre Schönheit wiederzuerlangen.«

Die Stadt war beinahe menschenleer. Nur alte Männer, Frauen und Kinder waren auf der Straße – ziellos irrten sie umher wie in der Nacht der Invasion.

Jedesmal wenn sie jemandem begegneten, packte Elia den Griff des Schwertes. Doch die Leute zeigten sich gleichgültig: Die meisten erkannten den Propheten aus Israel wieder, einige grüßten ihn mit einem Kopfnicken, doch keiner richtete das Wort an ihn – nicht einmal ein haßerfülltes.

›Sie haben sogar ihre Wut verloren‹, dachte er und blickte hinauf zum Fünften Berg, dessen Gipfel wie immer in den Wolken steckte. Dann erinnerte er sich an die Worte des Herrn: »*Ich will eure Leichname auf eure Götzen werfen und meine Seele wird an euch Ekel haben… Euer Land soll wüst sein und eure Städte verstört… und denen, die von euch übrigbleiben, will ich ein feiges Herz machen in ihrer Feinde Land, daß sie soll ein rauschend Blatt jagen, und sollen fliehen davor, als jagte sie ein Schwert, und fallen, da sie niemand jagt.*«

»Sieh, was Du getan hast, Herr: Du hast Dein Wort gehalten, und die lebenden Toten wandeln weiterhin auf Erden. Und Akbar ist die Stadt, die Du dazu erwählt hast, sie zu beherbergen.«

Die beiden gingen bis zum Hauptplatz, setzten sich dort auf die Trümmer und blickten sich um. Die Verwüstung war schlimmer und grausamer, als er gedacht hatte. Die Dächer der meisten Häuser waren eingestürzt. Dreck und Insekten hatten sich der Stadt bemächtigt.

»Die Toten müssen weggeschafft werden«, sagte er.

»Oder die Pest wird durch das Haupttor in die Stadt kommen.«

Der Junge blickte zu Boden.

»Hebe den Kopf«, sagte Elia. »Wir haben viel zu tun, damit deine Mutter sich freut.«

Doch der Junge gehorchte nicht. Er begann zu begreifen, daß irgendwo dort unter den Ruinen der Körper lag, der ihm einst das Leben geschenkt hatte – und daß dieser Körper in einem ähnlichen Zustand wie die anderen sein mußte, die verstreut um sie herumlagen.

Elia beharrte nicht weiter darauf. Er erhob sich, wuchtete einen Leichnam auf seine Schultern und trug ihn in die Mitte des Platzes. Er konnte sich nicht mehr an die Gebote des Herrn zur Bestattung der Toten erinnern. Er mußte alles tun, um die Pest zu verhindern, und die einzige Lösung war, die Leichen zu verbrennen.

Er arbeitete den ganzen Vormittag lang. Der Junge verließ seinen Platz nicht und blickte nicht ein Mal auf, doch er hielt das Versprechen, das er seiner Mutter gegeben hatte: Keine einzige Träne fiel auf den Boden Akbars.

Eine Frau blieb stehen, sah Elia eine Weile zu.

»Der Mann hat die Probleme der Lebenden gelöst, jetzt räumt er die Toten weg«, meinte sie.

»Wo sind die Männer von Akbar?« fragte Elia.

»Sie sind gegangen und haben das Wenige, das noch übrig war, mitgenommen. Es gibt nichts mehr, wofür es sich zu bleiben lohnt. Geblieben sind nur die, die nicht weggehen konnten: die Alten, die Witwen und die Waisen.«

»Aber sie haben Generationen hier gelebt? Man darf doch nicht so leicht aufgeben!«

»Versucht das einmal jemandem zu erklären, der alles verloren hat.«

»Helft mir«, sagte Elia, indem er eine Leiche packte und sie auf den Scheiterhaufen warf. »Wir werden sie verbrennen, damit der Gott der Pest uns nicht aufsucht. Er fürchtet sich vor dem Geruch verbrannten Fleisches.«

Elia machte seine Arbeit weiter. Die Frau setzte sich neben den Jungen und sah ihm zu. Nach einer Weile stand sie auf und ging zu ihm.

»Warum wollt Ihr eine verdammte Stadt retten?«

»Wenn ich mit meiner Arbeit innehalte, um darüber nachzudenken, werde ich außerstande sein, weiterzumachen wie ich will«, antwortete er.

Der alte Hirte hatte recht: Der einzige Ausweg war, die eigene Vergangenheit voller Ungewißheiten zu vergessen und eine neue Geschichte für sich selbst zu schaffen. Der Prophet war mit einer Frau zusammen in den Flammen ihres Hauses gestorben. Jetzt war er ein Mann ohne Glauben an Gott und voller Zweifel. Doch er lebte, selbst nachdem er den göttlichen Fluch heraufbeschworen hatte. Wenn er seinen Weg fortsetzen wollte, mußte er das tun, was er sich vorgenommen hatte.

Die Frau suchte sich einen etwas leichteren Körper und zog ihn an den Füßen zum Scheiterhaufen, den Elia begonnen hatte.

»Ich tue das nicht, weil ich den Gott der Pest fürchte«, sagte sie. »Und auch nicht für Akbar, denn die Assyrer werden bald zurückkehren. Ich tue es wegen des Jungen mit dem hängenden Kopf, der dort hinten sitzt. Er muß begreifen, daß er noch ein Leben vor sich hat.«

»Danke«, sagte Elia.

»Dankt mir nicht. Irgendwo unter diesen Ruinen liegt der Leichnam meines Sohnes. Er war etwa so alt wie der Junge.«

Sie legte die Hand über ihr Gesicht und weinte. Elia berührte sie vorsichtig am Arm.

»Der Schmerz, den Ihr und ich fühlen, wird niemals vergehen, doch die Arbeit wird uns helfen, ihn zu ertragen. Das Leiden hat nicht die Kraft, einen müden Körper zu verletzen.«

Sie verbrachten den ganzen Tag mit ihrer makabren Arbeit, die Leichen einzusammeln und aufzuschichten. Die meisten waren junge Männer, die von den Assyrern für einen Teil des Heeres von Akbar gehalten worden waren. Mehr als einmal erkannte er Freunde und weinte. Doch seine Arbeit unterbrach er nicht.

Am Ende des Nachmittags waren sie erschöpft. Trotzdem war ihre Arbeit noch längst nicht fertig. Kein anderer Bewohner Akbars hatte mitgeholfen.

Die beiden kehrten zum Jungen zurück. Zum ersten Mal hob er den Kopf.

»Ich habe Hunger«, sagte er.

»Ich hole etwas«, antwortete die Frau. »Es sind genug Nahrungsmittel in den Häusern von Akbar versteckt: Wir hatten uns auf eine lange Belagerung vorbereitet.«

»Nehmt Euch Nahrung für mich und für Euch, denn wir haben im Schweiße unseres Angesichts etwas für die Stadt getan«, sagte Elia. »Doch wenn dieser Junge etwas essen will, dann soll er sich selbst darum kümmern.«

Die Frau verstand ihn. Sie wäre mit ihrem Sohn genauso verfahren. Sie ging zu der Stelle, wo einst ihr Haus gelegen war. Beinahe alles war von den Plünderern auf der Suche nach wertvollen Gegenständen auf den Kopf gestellt worden, und ihre Sammlung von Vasen, die von den großen Glasbläsermeistern Akbars gemacht worden waren, lag in Scherben auf dem Boden. Doch sie fand die getrockneten Früchte und das Mehl, das sie gehortet hatte.

Sie kehrte zum Platz zurück und teilte die Nahrung mit Elia. Der Junge schwieg.

Ein alter Mann kam hinzu.

»Ich habe gesehen, daß ihr den ganzen Tag lang Leichen zusammengetragen habt«, sagte er. »Ihr verliert bloß eure Zeit. Wißt ihr denn nicht, daß die Assyrer zurückkommen werden, wenn sie Tyrus und Sidon erobert haben? Soll doch der Gott der Pest hier wohnen, um sie zu vernichten.«

»Wir tun das weder für sie noch für uns«, entgegnete Elia. »Sie arbeitet, um ein Kind zu lehren, daß es eine Zukunft gibt. Und ich tue es, um zu zeigen, daß es mehr gibt als nur die Vergangenheit.«

»Der Prophet ist keine Bedrohung für die große Prinzessin aus Tyrus: Das ist aber eine Überraschung! Isebel wird in Israel bis ans Ende ihrer Tage das Szepter führen, und es wird für uns immer einen Zufluchtsort geben, wenn die Assyrer nicht großherzig mit den Besiegten umgehen.«

Elia sagte darauf nichts. Der Name, der einst so viel Haß in ihm geweckt hatte, klang ihm nun seltsam fern.

»Akbar wird so oder so wieder aufgebaut«, beharrte der Alte. »Die Götter wählen den Platz aus, an dem die Städte errichtet werden, und sie lassen die Stadt nicht im Stich.

Doch wir können diese Arbeit kommenden Generationen überlassen.«

»Das könnten wir. Aber wir tun es nicht.«

Elia wandte dem Alten den Rücken zu und beendete so das Gespräch.

Die drei schliefen unter freiem Himmel. Die Frau nahm den Jungen in den Arm und spürte, daß sein Magen vor Hunger knurrte. Sie fragte sich, ob sie ihm nicht etwas zu essen geben sollte, doch sie entschied sich dagegen. Die körperliche Müdigkeit minderte tatsächlich den Schmerz, und dieser Junge, der gewiß unendlich litt, mußte eine Beschäftigung haben. Vielleicht würde ihn der Hunger zum Arbeiten bringen.

Am darauffolgenden Tag nahmen Elia und die Frau ihre Arbeit wieder auf. Der Alte vom Vorabend gesellte sich zu ihnen.

»Ich habe nichts zu tun und könnte euch helfen«, sagte er. »Doch ich bin schwach und kann keine Leichen schleppen.«

»Dann sammelt kleine Holzstücke und Backsteine. Fegt die Asche zusammen.«

Der Alte machte sich an die Arbeit.

Als die Sonne die Mitte des Himmels erreicht hatte, setzte sich Elia erschöpft auf die Erde. Er wußte, daß sein Engel bei ihm war, doch er konnte ihn nicht mehr hören. ›Wozu? Er war unfähig, mir zu helfen, als ich ihn brauchte, und jetzt will ich seine Ratschläge nicht mehr. Ich muß nur diese Stadt wieder in Ordnung bringen, Gott die Stirn bieten und dann dahin ziehen, wohin ich will.‹

Jerusalem lag nicht weit entfernt. Es waren nur sieben Tage zu Fuß durch unwegsames Gebiet. Doch dort wurde er als Verräter gesucht. Vielleicht ging er besser nach Damaskus oder suchte sich eine Arbeit als Schreiber in einer griechischen Stadt.

Er fühlte, daß jemand ihn berührte. Er wandte sich um und sah den Jungen mit einem kleinen Gefäß.

»Ich habe es in einem der Häuser gefunden«, sagte der Junge.

Es war mit Wasser gefüllt. Elia trank es ganz aus.

»Iß etwas«, sagte er. »Du arbeitest und verdienst eine Belohnung.«

Zum ersten Mal seit der Nacht der Invasion erschien ein Lächeln auf den Lippen des Jungen, der wie der Blitz dorthin lief, wo die Frau das Obst und das Mehl verwahrt hatte.

Elia arbeitete weiter, ging in die zerstörten Häuser, räumte die Trümmer weg, packte die Leichen und schleppte sie zum Scheiterhaufen mitten auf dem Platz. Der Verband, den der Hirte um seinen Arm gemacht hatte, war abgefallen, doch das war unwichtig. Er mußte sich selbst beweisen, daß er stark genug war, seine Würde wiederzuerlangen.

Der Alte, der jetzt den auf dem Platz verstreuten Müll zusammenkehrte, hatte recht: Bald würden die Feinde wieder zurück sein und die Früchte dessen ernten, was sie nicht gesät hatten. Elia ersparte den Mördern der einzigen Frau, die er je geliebt hatte, nur Arbeit, da die Assyrer abergläubisch waren und Akbar so oder so wieder aufbauen würden. Ihr Glaube besagte, daß die Götter die Städte – wie auch die Täler, die Tiere, die Flüsse und die Meere – überall auf geordnete Weise verteilt hatten. In jeder von ihnen gab es einen heiligen Ort, an dem sie auf ihren langen Reisen durch die Welt rasten konnten. Wenn eine Stadt zerstört wurde, bestand immer die große Gefahr, daß eines Tages die Sonne nicht mehr aufging.

In der Legende hieß es, daß der Gründer von Akbar vor Hunderten von Jahren von Norden gekommen war. Er beschloß, dort zu schlafen, und steckte, um den Platz zu kennzeichnen, an den er seine Habseligkeiten gelegt hatte, einen Stock in die Erde. Am nächsten Tag gelang es ihm nicht, ihn wieder herauszuziehen, und er verstand, was das Universum wollte. Er markierte den Platz, an dem das Wunder geschehen war, mit einem Stein und entdeckte ganz in der Nähe eine Quelle. Mit der Zeit ließen sich um den Stein und die Quelle herum einige Stämme nieder. Akbar war entstanden.

Der Stadthauptmann hatte ihm einmal erklärt, daß der phönizischen Tradition zufolge jede Stadt der dritte Punkt, das verbindende Element zwischen dem Willen des Himmels und dem Willen der Erde sei. Das Universum sorgte dafür, daß sich der Same in eine Pflanze verwandelte, der Boden zuließ, daß sie sich entwickelte, der Mensch sie erntete und in die Stadt brachte, wo die Opfer geweiht wurden, die darauf bei den Heiligen Bergen niedergelegt wurden. Obwohl er nicht weit gereist war, wußte Elia, daß dieser Glaube von vielen Nationen der Welt geteilt wurde.

Die Assyrer hatten Angst, die Götter des Fünften Berges ohne Nahrung zu lassen. Sie wollten das Universum nicht aus dem Gleichgewicht bringen.

»Warum denke ich über all dies nach, wenn es doch ein Kampf meines Willens gegen den meines Herrn ist, der mich inmitten der Bedrängnis allein gelassen hat?«

Dasselbe Gefühl, das er schon am Vortag gehabt hatte, als er Gott herausforderte, kehrte wieder zurück. Er hatte irgend etwas Wichtiges vergessen, und es wollte und wollte ihm nicht wieder einfallen.

Ein weiterer Tag verging. Sie hatten die meisten Leichen schon zusammengetragen, als sich eine weitere Frau näherte.

»Ich habe nichts zu essen«, sagte sie.

»Wir auch nicht«, antwortete Elia. »Gestern und heute haben wir uns zu dritt geteilt, was für einen gedacht war. Versucht, irgendwo etwas Eßbares zu finden, und gebt mir dann Bescheid.«

»Wie soll ich es finden?«

»Fragt die Kinder. Sie wissen alles.«

Seit er ihm Wasser angeboten hatte, schien der Junge seine Lebensfreude wiedergefunden zu haben. Elia schickte ihn zum Alten, damit er ihm beim Zusammentragen des Mülls und der Trümmer half, doch es gelang ihm nicht, ihn lange bei der Arbeit zu halten. Jetzt spielte er mit den andern Jungen in einer Ecke des Platzes.

›Es ist auch besser so. Er wird noch genug Schweiß vergießen, wenn er erwachsen ist.‹ Doch er bereute nicht, daß er ihn eine ganze Nacht unter dem Vorwand hungern lassen hatte, daß er dafür arbeiten müsse. Hätte er ihn wie ein armes Waisenkind behandelt, als Opfer der Grausamkeit mörderischer Krieger, wäre er niemals aus der Niedergeschlagenheit wieder aufgetaucht, in der er versunken war. Jetzt wollte er ihn ein paar Tage in Ruhe lassen, damit er seine eigenen Antworten auf das fand, was geschehen war.

»Wie können denn Kinder etwas wissen?« hakte die Frau nach, die ihn um etwas zu essen gebeten hatte.

»Seht selbst.«

Die Frau und der Alte, die Elia halfen, sahen, wie sie mit den Kindern redete, die auf der Straße spielten. Sie sagten etwas. Sie wandte sich um und lächelte und verschwand an einer Ecke des Platzes.

»Woher wußtet Ihr, daß die Kinder es wissen würden?« fragte der Alte.

»Weil auch ich einmal ein Kind war und weiß, daß die Kinder keine Vergangenheit haben«, sagte er und dachte an das Gespräch mit dem Hirten. »Sie waren zutiefst verstört von der Nacht der Invasion, doch jetzt kümmern sie sich nicht mehr darum. Die Stadt ist zu einem riesigen Spielplatz geworden, in dem sie kommen und gehen können, ohne gestört zu werden. Klar würden sie schließlich die Nahrungsmittel finden, die die Bewohner gehortet hatten, um die Belagerung von Akbar zu überstehen.

Ein Kind kann einem Erwachsenen immer drei Dinge lehren: grundlos fröhlich zu sein, immer mit irgend etwas beschäftigt zu sein und nachdrücklich das zu fordern, was es will. Ich bin wegen dieses Jungen wieder nach Akbar zurückgekehrt.«

An jenem Nachmittag kamen noch andere Alte und Frauen hinzu, um beim Zusammentragen der Toten zu helfen. Die Kinder verscheuchten die Raubvögel und brachten Holzstücke und Stoffetzen. Bei Anbruch der Nacht zündete Elia den riesigen Scheiterhaufen an. Die Überlebenden von Akbar schauten schweigend auf den Rauch, der zum Himmel stieg.

Elia fiel fast um vor Erschöpfung. Bevor er einschlief, hatte er jedoch wieder dieses Gefühl, das ihn schon am Morgen beschlichen hatte: Irgend etwas sehr Wichtiges kämpfte verzweifelt darum, in sein Gedächtnis zurückzukommen. Es war nichts, was er in seiner Zeit in Akbar gelernt hatte, sondern eine alte Geschichte, die all dem einen Sinn zu geben schien, was jetzt geschah.

Da rang ein Mann mit Jakob, bis die Morgenröte anbrach. Und da er sah, daß er ihn nicht übermochte, rührte er das Gelenk seiner Hüfte an; und das Gelenk der Hüfte Jakobs ward über dem Ringen mit ihm verrenkt. Und er sprach: »Laß mich gehen, denn die Morgenröte bricht an.« Aber er antwortete: »Ich lasse dich nicht gehen, du segnest mich denn.« Er sprach: »Wie heißest du?« Er antwortete: »Jakob.« Er sprach: »Du sollst nicht mehr Jakob heißen, son-

dern Israel; denn du hast mit Gott und mit Menschen ge-
kämpft und bist abgelegen.«

Elia schreckte aus seinem Traum auf und blickte hoch zum Firmament. Das war die Geschichte, die ihm nicht eingefallen war!

Vor langer Zeit hatte der Patriarch Jakob seine Zelte aufgeschlagen, und jemand war in sein Zelt gekommen und hatte mit ihm bis zur Morgenröte gekämpft. Jakob hatte den Kampf aufgenommen, obwohl er wußte, daß sein Gegner der Herr war. Als es Tag wurde, war er immer noch unbesiegt. Und da hatte Gott ihn gesegnet.

Sie wurde von Generation zu Generation weitergegeben, damit niemand vergaß: Manchmal ist es notwendig, mit Gott zu kämpfen. Alle Menschen mußten irgendwann in ihrem Leben ein Unglück durchmachen. Es konnte die Zerstörung einer Stadt sein, der Tod eines Kindes, eine unbegründete Anklage, eine Krankheit, die sie für immer zu Invaliden machte. In diesem Augenblick forderte sie Gott heraus, sich ihm zu stellen und ihm seine Frage zu beantworten: »Warum klammerst du dich so sehr an ein kurzes Leben voller Leiden? Welchen Sinn hat dein Kampf?«

Der Mensch, der darauf keine Antwort hatte, schickte sich dann darein. Während der andere, der für sein Leben einen Sinn suchte, sein eigenes Schicksal herausforderte, weil er fand, daß Gott ungerecht gewesen war. Das war der Augenblick, in dem ein anderes Feuer vom Himmel herabkam – nicht jenes, das tötet, sondern jenes, das die alten Mauern einreißt und jedem Menschen seine wahren Möglichkeiten gibt. Die Feiglinge lassen niemals zu, daß ihr Herz von diesem Feuer entflammt wird. Sie wollen nur, daß alles wieder so wird wie vorher, damit sie so leben und denken können, wie sie es gewohnt waren. Die Tapferen jedoch werfen alles, was alt war, ins Feuer und geben, wenn auch unter Schmerzen, alles auf, sogar Gott, und schreiten voran.

»Die Tapferen sind immer starrsinnig.«

Vom Himmel lächelte der Herr zufrieden – weil es genau dies war, was Er wollte, nämlich daß jeder die Verantwortung für sein Leben in die eigenen Hände nahm. Schließlich war dies ja die größte Gabe, die er Seinen Kindern gegeben hatte: Die Fähigkeit, selbst zu wählen und zu bestimmen.

Nur Männer und Frauen mit der heiligen Flamme im Herzen hatten den Mut, sich Ihm zu stellen. Und nur sie kannten den Weg, der zurück zu Seiner Liebe führte, weil sie am Ende begriffen hatten, daß das Unglück keine Strafe, sondern eine Herausforderung war.

Elia sah sich einen jeden seiner Schritte noch einmal an: Als er das Tischlerhandwerk aufgab, hatte er seine Mission widerspruchslos auf sich genommen. Auch wenn sie echt war – und er fand, daß sie es war –, hatte er indes nie die Gelegenheit gehabt, zu sehen, was auf den Wegen geschah, die er sich zu gehen geweigert hatte. Weil er Angst hatte, seinen Glauben, seinen Eifer, seinen Willen zu verlieren. Er hielt es für riskant, den Weg der gewöhnlichen Menschen zu gehen – weil er sich daran gewöhnen und ihm letztlich das gefallen könnte, was er sah. Er begriff nicht, daß er ein Mensch wie jeder andere war, obwohl er die Engel hörte und hin und wieder von Gott Befehle erhielt. Er war so überzeugt davon zu wissen, was er wollte, daß er sich genauso verhalten hatte wie jene, die nie in ihrem Leben eine wichtige Entscheidung getroffen hatten.

Er war vor dem Zweifel geflohen. Vor der Niederlage. Vor den Augenblicken der Unentschlossenheit. Doch der Herr war großmütig und hatte ihn zum Abgrund des Unabwendbaren geführt, um ihm zu zeigen, daß der Mensch sein Schicksal *erwählen* und nicht einfach annehmen muß.

Vor vielen Jahren, in einer Nacht wie dieser, hatte Jakob Gott nicht gehen lassen, bevor er ihn nicht gesegnet hatte. Das war, als Gott ihn gefragt hatte: »Wie heißt du?«

Das war das Problem. Einen Namen zu haben. Als Jakob ihm geantwortet hatte, hatte ihn Gott auf den Namen *Israel* getauft. Jeder hat einen Namen, der ihm als Säugling gegeben wurde, doch er muß lernen, sein Leben mit dem Wort zu taufen, das er erwählt hat, um ihm einen Sinn zu geben.

»Ich bin *Akbar*«, hatte sie gesagt.

Die Zerstörung der Stadt, der Verlust der geliebten Frau waren notwendig gewesen, damit Elia begriff, daß er einen Namen brauchte. In diesem Augenblick nannte er sein Leben *Befreiung*.

Er erhob sich und schaute auf den Platz vor ihm: Noch immer stieg Rauch aus der Asche der Verstorbenen. Indem er Feuer an die Leichname gelegt hatte, hatte er einen sehr alten Brauch seines Landes in Frage gestellt, der verlangte, daß Menschen den Ritualen entsprechend beerdigt werden mußten. Er hatte mit Gott und der Tradition gekämpft, als er sich für die Verbrennung entschieden hatte, doch er fühlte, daß darin keine Sünde lag, wenn man eine neue Lösung für ein neues Problem brauchte. Gott war unendlich barmherzig – und schonungslos gegen alle, die nicht den Mut zum Wagnis hatten.

Er blickte abermals auf den Platz. Einige der Überlebenden schliefen noch immer nicht und starrten in die Flammen, als hätte dieses Feuer auch ihre Erinnerungen, ihre Vergangenheit, die zweihundert Jahre Frieden in Akbar verbrannt. Die Zeit der Angst und des Wartens war vorüber. Jetzt gab es nur entweder den Wiederaufbau oder die Niederlage.

Wie Elia konnten auch sie einen Namen für sich finden. Versöhnung, Weisheit, Geliebter, Pilger. Es gab so viele Möglichkeiten wie Sterne am Himmel, doch jeder mußte seinem Leben einen Namen geben.

Elia betete:

»Herr, ich habe gegen Dich gekämpft und schäme mich dessen nicht. Und deshalb habe ich entdeckt, daß ich auf meinem Weg bin, weil ich es so wollte, und nicht, weil es mir von meinen Eltern, von den Traditionen meines Landes oder von Dir auferlegt wurde.

Zu Dir, Herr, möchte ich in diesem Augenblick zurückkehren. Ich möchte Dich mit der ganzen Kraft meines Willens loben und nicht aus Feigheit, weil ich keinen anderen Weg weiß. Dennoch muß ich weiter gegen Dich kämpfen, bis Du mich segnest, damit Du mir Deine wichtige Mission anvertraust.«

Akbar wieder aufbauen. Was Elia für eine Herausforderung an Gott gehalten hatte, war in Wahrheit eine Wiederbegegnung mit Ihm.

Die Frau, die ihn nach etwas zu essen gefragt hatte, kam am nächsten Morgen in Begleitung von zwei weiteren Frauen wieder.

»Wir haben verschiedene Lager gefunden«, sagte sie. »Da viele gestorben und viele mit dem Stadthauptmann geflohen sind, ist genügend Nahrung da, um ein Jahr lang zu überleben.«

»Findet alte Leute, die die Verteilung der Lebensmittel überwachen«, sagte er. »Sie haben Erfahrung im Organisieren.«

»Die Alten wollen nicht mehr leben.«

»Bittet sie dennoch zu kommen.«

Die Frau wandte sich zum Gehen, als Elia sie fragte:

»Könnt Ihr die Buchstaben benutzen?«

»Nein.«

»Ich habe es gelernt und kann es Euch beibringen. Ihr werdet es brauchen, um mir bei der Verwaltung der Stadt zu helfen.«

»Aber die Assyrer werden zurückkommen.«

»Wenn sie kommen, brauchen sie Hilfe bei der Verwaltung der Stadt.«

»Warum wollt Ihr das für den Feind tun?«

»Ich tue dies, damit jeder seinem Leben einen Namen geben kann. Der Feind ist nur ein Vorwand, um unsere Kraft auszuloten.«

Die Alten kamen – genau wie er vorausgesagt hatte.

»Akbar braucht eure Hilfe«, sagte Elia. »Und deshalb könnt ihr euch nicht einfach dem Altsein hingeben. Wir brauchen die Jugend, die ihr verloren habt.«

»Wir wissen nicht, wo wir sie finden können«, entgegnete einer von ihnen. »Sie ist hinter den Runzeln und den Enttäuschungen verschwunden.«

»Das ist nicht wahr. Ihr hattet niemals Illusionen, und das ist der Grund, weshalb sich die Jugend verborgen hat. Jetzt ist der Augenblick gekommen, sie zu suchen, denn wir haben einen gemeinsamen Traum: den Wiederaufbau von Akbar.«

»Wie können wir etwas so Unmögliches tun?«

»Mit Begeisterung.«

Die von der Traurigkeit und der Mutlosigkeit verschleierten Augen wollten wieder leuchten. Sie waren nicht mehr die nutzlosen Bewohner, die an den Gerichtsversammlungen teilnahmen, weil sie ein Gesprächsthema für den Abend brauchten. Sie hatten jetzt eine wichtige Aufgabe vor sich und wurden gebraucht.

Die Kräftigsten trennten das noch nutzbare Material der zerstörten Häuser von den Trümmern und benutzten es, um die Häuser wieder aufzubauen, die noch standen. Die ältesten halfen dabei, die Asche der Leichname, die verbrannt worden waren, auf den Feldern zu zerstreuen, damit bei der nächsten Ernte der Toten der Stadt gedacht werden konnte. Andere wiederum machten sich daran, das überall in der Stadt verstreute Getreide auszusortieren, Brot zu backen und Wasser aus dem Brunnen zu schöpfen.

Zwei Nächte darauf versammelte Elia alle Bewohner auf dem Platz, der jetzt von den meisten Trümmern geräumt war. Einige Fackeln wurden entzündet, und er begann zu sprechen.

»Wir haben keine Wahl«, sagte er. »Wir können diese

Arbeit dem Feind überlassen. Doch das heißt auch, daß wir auf die einzige Chance verzichten, die uns ein Unglück schenkt: unser Leben neu aufzubauen.

Die Asche der Toten, die wir vor einigen Tagen verbrannt haben, wird sich in Pflanzen verwandeln, die im Frühjahr wieder wachsen werden. Der Sohn, den ihr in der Nacht der Invasion verloren habt, ist zu den vielen Kindern geworden, die frei durch die zerstörten Straßen laufen und sich damit vergnügen, verbotene Orte und Häuser auszukundschaften, die sie nicht kannten. Bis zu diesem Augenblick konnten die Kinder das Gewesene überwinden, weil sie keine Vergangenheit haben – was zählt, ist die Gegenwart. Laßt uns also versuchen, so wie sie zu handeln.«

»Kann ein Mensch den Schmerz eines Verlustes aus dem Herzen tilgen?«

»Nein. Doch er kann sich über einen Gewinn freuen.«

Elia wandte sich um und wies auf den Gipfel des Fünften Bergs, der wie immer in den Wolken lag. Die Zerstörung der Mauern hatte dazu geführt, daß er von der Mitte des Platzes aus zu sehen war.

»Ich glaube an einen einzigen Gott, doch ihr denkt, daß die Götter in jenen Wolken auf dem Gipfel des Fünften Bergs wohnen. Ich will jetzt nicht darüber streiten, ob mein Gott stärker oder mächtiger ist. Ich will nicht über das sprechen, was uns unterscheidet, sondern über das, worin wir uns gleichen. Das Unglück hat uns ein gemeinsames Gefühl gebracht: die Verzweiflung. Warum? Weil wir glaubten, daß in unserer Seele bereits die Antwort auf alles vorhanden, daß alles geregelt war und wir keine Art von Veränderung annehmen könnten.

Ihr und ich, wir stammen aus Handelsnationen, doch wir wissen auch, wie wir als Krieger handeln müssen«, fuhr er fort. »Und ein Krieger weiß immer, worum es sich zu kämpfen lohnt. Er zieht in keinen Kampf, an dem er kein Interesse hat, und verliert seine Zeit nicht mit Provokationen.

Ein Krieger akzeptiert die Niederlage. Er behandelt sie nicht so, als wäre sie keine, versucht aber auch nicht, sie in einen Sieg umzumünzen. Er ist bitter gekränkt, und die Gleichgültigkeit und die Einsamkeit lassen ihn schier verzweifeln. Doch danach leckt er seine Wunden, rappelt sich auf und fängt von vorn an. Ein Krieger weiß, daß der Krieg aus vielen Schlachten besteht. Und schaut nach vorn.

Unglück geschieht. Wir können uns hintersinnen und nach Gründen suchen, warum es geschehen ist, wir können anderen die Schuld daran geben, uns vorstellen, wie unser Leben sonst verlaufen wäre. Doch all dies ist müßig: Es ist nun einmal geschehen. Von nun an müssen wir die Angst vergessen, die das Unglück in uns auslöste, und mit dem Wiederaufbau beginnen.

Jeder von euch wird sich von jetzt an einen neuen Namen geben. Dies wird der heilige Name sein, der alles zusammenfaßt, für das zu kämpfen ihr träumt. Ich habe den Namen *Befreiung* gewählt.«

Schweigen breitete sich über den Platz. Dann erhob sich die Frau, die Elia als erste geholfen hatte.

»Mein Name ist *Wiederbegegnung*«, sagte sie.

»Mein Name ist *Weisheit*«, sagte ein Alter.

Der Sohn der Witwe, die Elia so sehr geliebt hatte, rief: »Mein Name ist *Alphabet*.«

Die Leute auf dem Platz brachen in Gelächter aus. Der Junge setzte sich beschämt.

»Wie kann jemand Alphabet heißen?« rief ein anderer Junge.

Elia hätte eingreifen können, doch es war besser, der Junge lernte frühzeitig, sich selbst zu verteidigen.

»Weil es das war, was meine Mutter machte«, sagte der Junge. »Immer wenn ich gezeichnete Buchstaben sehe, werde ich an sie denken.«

Diesmal lachte keiner. Einer nach dem anderen nannten die Waisen, die Witwen und die Alten von Akbar ihren Namen und ihre neue Identität. Als die Zeremonie vorüber war, forderte Elia alle auf, früh schlafen zu gehen, weil sie am nächsten Morgen wieder viel Arbeit erwartete.

Dann nahm er den Jungen bei der Hand, und sie gingen zu der Stelle auf dem Platz, wo sie aus einigen Stoffbahnen ein behelfsmäßiges Zelt aufgespannt hatten. An diesem Abend begann Elia den Jungen die Schrift von Byblos zu lehren.

Aus Tagen wurden Wochen, und Akbar veränderte sein Gesicht. Der Junge lernte schnell, die Buchstaben zu malen, und bald konnte er schon Wörter bilden, die einen Sinn ergaben. Elia beauftragte ihn damit, die Geschichte des Wiederaufbaus der Stadt auf Tontäfelchen zu schreiben.

Die Tontafeln wurden in einem improvisierten Ofen zu Keramik gebrannt und sorgfältig von einem alten Ehepaar archiviert. Bei den allabendlichen Versammlungen bat er die Alten, aus ihrer Kindheit zu erzählen, und zeichnete so viele Geschichten wie möglich auf.

»Wir werden die Erinnerung Akbars auf einem Material bewahren, das das Feuer nicht zerstören kann«, erklärte er. »Unsere Kinder und Enkelkinder sollen erfahren, daß wir die Niederlage nicht akzeptiert und das Unabwendbare überwunden haben, und sich an uns ein Beispiel nehmen.«

Jeden Abend, nach dem Alphabet-Unterricht, wanderte Elia durch die leere Stadt, bis dahin, wo die Straße nach Jerusalem begann; es drängte ihn fortzugehen, doch er schob es immer wieder auf.

Die schwere Verantwortung zwang ihn, sich ganz auf die Gegenwart zu konzentrieren.

Er wußte, daß die Bewohner von Akbar auf ihn zählten. Er hatte sie einmal enttäuscht, als er unfähig gewesen war, den Tod des Spions – und den Krieg – zu verhindern. Doch Gott gibt seinen Kindern immer eine zweite Chance, und die mußte er ergreifen. Der Junge wuchs ihm immer mehr ans Herz, und so brachte er ihm nicht nur die Buchstaben von Byblos bei, sondern auch den Glauben an den Herrn und das Wissen seiner Vorväter.

Dabei vergaß er nicht, daß in seinem Land eine fremde Prinzessin und fremde Götter herrschten. Es gab keine Engel mit Flammenschwertern mehr. Er war frei, aufzubrechen, wann er wollte, und zu handeln, wie er es für richtig hielt.

Jede Nacht war er drauf und dran fortzugehen. Und jede Nacht hob er die Hände zum Himmel und betete:

»Jakob hat eine ganze Nacht gerungen und wurde in der Morgenröte gesegnet. Ich habe tagelang, monatelang gegen Dich gekämpft, und Du weigerst Dich, mich anzuhören. Wenn Du aber um Dich blickst, wirst Du sehen, daß ich siege: Akbar ersteht aus den Ruinen, und ich baue das wieder auf, was Du, indem Du die Schwerter der Assyrer benutztest, zu Staub und Asche gemacht hast.

Ich werde mit Dir kämpfen, bis Du mich und die Früchte meiner Arbeit segnest. Eines Tages wirst Du mir antworten müssen.«

Frauen und Kinder schleppten Wasser auf die Felder und kämpften gegen die Dürre, die nicht aufzuhören schien. Eines Tages, als die unbarmherzige Sonne voller Kraft herniederbrannte, hörte Elia jemanden sagen:

»Wir arbeiten ohne Unterlaß, wir erinnern uns nicht mehr an den Schmerz jener Nacht, wir haben sogar vergessen, daß die Assyrer wiederkommen werden, sobald sie Tyrus, Sidon, Byblos und ganz Phönizien geplündert haben. Das hat uns gut getan. Doch weil wir uns so sehr auf den Wiederaufbau der Stadt konzentrieren, sehen wir keine Veränderung. Wir sehen das Ergebnis unserer Mühen nicht.«

Elia dachte über diese Bemerkung nach. Und forderte dann alle auf, sich allabendlich am Fuße des Fünften Bergs zu versammeln, um nach dem langen Arbeitstag gemeinsam den Sonnenuntergang zu betrachten.

Sie waren zumeist so müde, daß sie kein Wort miteinander wechselten. Doch sie entdeckten, wie wichtig es war, die Gedanken ziellos schweifen zu lassen, wie die Wolken am

Himmel. So flohen Angst und Beklemmung aus den Herzen aller, und sie fanden wieder Mut und Kraft für den kommenden Tag.

Als Elia erwachte, verkündete er, daß er heute nicht arbeiten würde.

»Heute wird in meinem Land der Vergebungstag gefeiert.«

»In Eurer Seele ist keine Sünde«, meinte eine Frau. »Ihr habt das Bestmögliche getan.«

»Aber die Tradition verlangt es so. Und ich werde ihr nachkommen.«

Die Frauen brachen auf, um Wasser auf die Felder zu bringen, die Alten kehrten zu ihrer Arbeit zurück, die Mauern wieder aufzurichten und die hölzernen Tür- und Fensterrahmen zu bearbeiten. Die Kinder formten kleine Tonziegel, die später gebrannt werden würden. Elia sah ihnen dabei zu und spürte eine unendliche Freude in seinem Herzen. Dann verließ er Akbar und machte sich auf ins Tal.

Dort wanderte er ziellos und sprach die Gebete, die er als Kind gelernt hatte. Die Sonne war noch nicht aufgegangen, und von dort, wo er sich befand, sah er den riesigen Schatten des Fünften Bergs über einem Teil des Tales liegen. Er hatte eine furchtbare Vorahnung: Der Kampf zwischen dem Gott Israels und dem Gott der Phönizier würde sich noch über viele Generationen und viele Jahrhunderte hinziehen.

Er erinnerte sich, wie er an dem Abend auf den Gipfel des Berges gestiegen war und mit dem Engel gesprochen hatte. Seit Akbars Zerstörung hatte er nie wieder die Stimmen gehört, die vom Himmel kamen.

»Herr, heute ist Vergebungstag, und ich habe eine lange Liste von Sünden gegen Dich«, sagte er, indem er sich nach Jerusalem wandte. »Ich war schwach, weil ich meine eigene Kraft vergessen hatte. Ich war mitleidig, als ich hart sein mußte. Ich habe keine Wahl getroffen, weil ich mich vor falschen Entscheidungen fürchtete. Ich habe zu früh aufgegeben und habe Dich gelästert, als ich Dir hätte danken sollen.

Dennoch, Herr, habe ich auch eine lange Liste Deiner Sünden mir gegenüber. Du hast mich über die Maßen leiden lassen, indem Du einen Menschen von dieser Welt nahmst, den ich liebte. Du hast die Stadt zerstört, die mich beherbergte, Du hast meine Suche vereitelt, mir mit Deiner Härte beinahe meine Liebe zu Dir ausgetrieben. Diese ganze Zeit habe ich mit Dir gekämpft, und Du nimmst die Würde meines Kampfes nicht an.

Vergleichen wir die Liste meiner Sünden mit der Deiner Sünden, so wirst Du sehen, daß Du mir etwas schuldest. Doch, da heute der Vergebungstag ist, vergibst Du mir und ich vergebe Dir, damit wir gemeinsam unseren Weg fortsetzen können.«

In diesem Augenblick blies der Wind, und er hörte seinen Engel sagen:

»Du hast recht getan, Elia. Gott hat deinen Kampf angenommen.«

Tränen rannen ihm aus den Augen. Er kniete nieder und küßte den ausgedörrten Boden des Tales.

»Ich danke dir dafür, daß du gekommen bist, denn ich habe noch einen Zweifel: Ist es nicht Sünde, dies zu tun?«

Da sagte der Engel:

»Wenn ein Krieger mit seinem Ausbilder kämpft, ist dieser dann gekränkt?«

»Nein. Es ist die einzige Möglichkeit, wie er sich die richtige Technik aneignen kann.«

»Dann fahre fort, bis der Herr dich zurück nach Israel ruft«, sagte der Engel. »Erhebe dich und beweise weiterhin, daß dein Kampf einen Sinn hat, weil du die Strömung des Unabwendbaren zu durchqueren wußtest. Viele segeln mit der Strömung und erleiden Schiffbruch. Andere werden zu Orten mitgerissen, die ihnen nicht vorbestimmt waren. Doch du bestehst die Überfahrt voll Würde, wußtest den Kurs deines Schiffes zu kontrollieren und versuchst, den Schmerz in Handeln zu verwandeln.«

»Schade, daß du blind bist«, sagte Elia. »Sonst könntest du sehen, wie die Waisen, die Witwen und die Alten es fertigbrachten, eine Stadt wieder aufzubauen. Kurz, alles wird so werden wie vorher.«

»Ich hoffe nicht«, sagte der Engel. »Schließlich haben sie einen hohen Preis dafür bezahlt, daß sich ihr Leben änderte.«

Elia lächelte. Der Engel hatte recht.

»Ich hoffe, du verhältst dich so wie ein Mensch, dem eine zweite Chance gegeben wurde: Mach denselben Fehler nicht zweimal. Vergiß nie, wofür du lebst.«

»Ich werde es nicht vergessen«, antwortete er zufrieden, weil der Engel zurückgekehrt war.

Die Karawanen zogen nicht mehr durch das Tal. Die Assyrer hatten die Straßen zerstört und die Handelswege umgelenkt. Tagtäglich stiegen ein paar Kinder auf den einzigen Turm der Mauer, der der Zerstörung entgangen war. Sie sollten den Horizont überwachen, um die Rückkehr der feindlichen Krieger anzukündigen. Elia hatte vor, sie würdig zu empfangen und ihnen die Herrschaft zu übergeben.

Dann könnte er aufbrechen.

Doch mit jedem Tag, der verging, wurde Akbar mehr ein Teil seines Lebens. Vielleicht war seine Mission ja gar nicht, Isebel vom Thron zu stoßen, sondern hier mit diesen Menschen bis zu seinem Lebensende zu verweilen und demütig die Rolle eines Dieners des assyrischen Eroberers zu spielen. Er würde helfen, die Handelswege wieder zu eröffnen, er würde die Sprache des Feindes lernen, und in seiner freien Zeit könnte er sich um die stetig wachsende Bibliothek kümmern.

Was in jener Nacht in längst versunkener Zeit das Ende einer Stadt bedeutet hatte, bedeutete jetzt die Chance eines Neubeginns, einer Verschönerung. Die Wiederaufbauarbeiten schlossen eine Verbreiterung der Straßen mit ein, den Bau haltbarerer Dächer und eines kunstvollen Systems, mit dem das Wasser vom Brunnen bis zu den entlegensten Orten gebracht wurde. Auch seine Seele erneuerte sich. Jeden Tag lernte er von den Alten, den Kindern und den Frauen etwas Neues. Sie, die Akbar nur nicht verlassen hatten, weil es unmöglich war, bildeten nun eine besonnene, kompetente Mannschaft.

›Wenn der Stadthauptmann gewußt hätte, wie gut und

geschickt sie sind, hätte er die Stadt anders verteidigt, und Akbar wäre nicht zerstört worden.‹

Doch wenn er es recht bedachte, so stimmte das nicht. Akbar hatte zerstört werden müssen, damit alle in sich die Kräfte weckten, die in ihnen schlummerten.

Monate vergingen, und die Assyrer gaben kein Lebenszeichen von sich. Akbar war jetzt beinahe fertig, und Elia konnte an die Zukunft denken. Die Frauen hatten Stoffstücke gesammelt und verarbeiteten sie zu neuen Kleidern. Die Alten kümmerten sich um die Verteilung der Wohnungen und wachten über die Hygiene in der Stadt. Die Kinder halfen, wenn sie darum gebeten wurden, spielten aber ansonsten den ganzen Tag: Das ist die Hauptaufgabe der Kinder.

Elia wohnte mit dem Jungen in einem kleinen Haus aus Stein, das an der Stelle errichtet worden war, wo früher ein Warenlager lag. Jede Nacht setzten sich die Bewohner Akbars um ein Feuer auf dem Hauptplatz und erzählten die Geschichten, die sie in ihrem Leben gehört hatten. Zusammen mit dem Jungen schrieb er alles auf Tontäfelchen, die anderntags gebrannt wurden, und die Bibliothek wuchs und wuchs.

Die Frau, die ihr Kind verloren hatte, lernte auch die Buchstaben von Byblos. Als er sah, daß sie schon Wörter und Sätze schreiben konnte, beauftragte er sie damit, den Rest der Bevölkerung das Alphabet zu lehren. So könnten sie, wenn die Assyrer wiederkämen, als Dolmetscher oder Lehrer benutzt werden.

»Das ist genau das, was der Priester verhindern wollte«, sagte eines Abends ein Alter, der sich selbst *Ozean* genannt hatte, da sein Wunsch war, eine Seele zu haben, die so groß war wie das Meer. »Daß die Schrift von Byblos überleben und die Götter des Fünften Berges bedrohen könnte.«

»Wer kann das Unabwendbare aufhalten?« entgegnete Elia.

Die Leute arbeiteten tagsüber, betrachteten gemeinsam den Sonnenuntergang und erzählten sich nachts Geschichten.

Elia war stolz auf sein Werk. Und liebte es täglich mehr.

Dann kam eines Tages ein Kind, das auf dem Turm wachte, herbeigerannt.

»Ich habe eine Staubwolke am Horizont gesehen«, sagte es aufgeregt. »Der Feind kommt zurück!«

Elia stieg auf den Turm und sah, daß das Kind recht hatte. Voraussichtlich würde der Feind am folgenden Tag vor den Toren Akbars stehen.

Er gab den Bewohnern Bescheid, daß sie heute nicht gemeinsam den Sonnenuntergang betrachten würden, sondern sich nach Arbeitsende direkt auf dem Platz einfinden sollten. Als er am Abend vor die Versammelten trat, las er Angst in ihren Augen.

»Heute erzählen wir keine Geschichten aus der Vergangenheit und sprechen auch nicht über Akbars Zukunft«, sagte er. »Wir werden über uns selbst reden.«

Niemand sagte etwas.

»Vor einiger Zeit leuchtete der Vollmond am Himmel. An jenem Tag geschah, was wir alle geahnt hatten, aber nicht wahrhaben wollten. Akbar wurde zerstört. Als das assyrische Heer davonzog, waren unsere besten Männer tot. Die überlebt hatten, fanden, daß es nicht lohnte, hierzubleiben, und beschlossen zu gehen. Zurück blieben die Alten, die Witwen und die Waisen. Das heißt, die Unbrauchbaren.

Blickt euch um. Der Platz ist schöner denn je, die Häuser sind solider gebaut, die Nahrung wird geteilt, und alle lernen die in Byblos erfundene Schrift. An einem Ort in dieser Stadt liegt die Sammlung der Tontäfelchen, auf denen wir unsere Geschichte aufgeschrieben haben, und kommende Generationen werden sich daran erinnern, was wir geleistet haben.

Heute wissen wir, daß auch die Alten, die Waisen und die Witwen gegangen sind. Sie haben eine Schar junger, begeisterter Menschen allen Alters zurückgelassen, die ihrem Leben einen Namen und einen Sinn gegeben haben.

In jedem Augenblick des Wiederaufbaus wußten wir, daß die Assyrer zurückkommen würden. Wir wußten, daß wir ihnen eines Tages unsere Stadt würden übergeben müssen – und mit der Stadt unsere Mühen, unseren Schweiß, unsere Freude darüber, daß sie schöner war als vorher.«

Das Feuer beleuchtete einige Tränen, die den Menschen über das Gesicht liefen. Sogar die Kinder, die sonst während der nächtlichen Treffen spielten, hörten aufmerksam zu. Elia fuhr fort.

»Das ist unwichtig. Wir haben unsere Pflicht dem Herrn gegenüber erfüllt, weil wir Seine Herausforderung und die Ehre Seines Kampfes angenommen haben. Vor jener Nacht hat Er uns immer wieder gesagt: ›Geh!‹ Doch wir haben nicht hingehört. Warum?

Weil jeder von uns schon seine Zukunft beschlossen hatte: Ich dachte daran, Isebel vom Thron zu stoßen; die Frau, die jetzt *Wiederbegegnung* heißt, wollte, daß ihr Sohn Seefahrer würde; der Mann, der heute den Namen *Weisheit* trägt, wollte nur den Rest seiner Tage beim Weintrinken auf dem Platz verbringen. Wir waren so an das heilige Mysterium des Lebens gewöhnt, daß wir ihm keine Bedeutung mehr zumaßen.

Da sagte der Herr zu sich: Sie wollen nicht gehen? Dann sollen sie lange Zeit stehenbleiben!

Und erst dann verstanden wir Seine Botschaft. Der Stahl der assyrischen Schwerter nahm uns unsere jungen, und Feigheit ergriff unsere erwachsenen Männer. Wo sie auch immer geblieben sind, sie werden *stehen*geblieben sein. Sie haben den Fluch Gottes angenommen.

Wir hingegen haben gegen den Herrn gekämpft. So wie wir gegen die Frauen und die Männer, die wir in unserem Leben geliebt haben, kämpften. Denn dieser Kampf segnet uns und läßt uns wachsen. Wir haben die Möglichkeit, die das Unglück in sich trug, genutzt und haben unsere Pflicht Ihm gegenüber erfüllt, indem wir bewiesen haben, daß wir dem Befehl, vorwärts zu sehen, gehorcht haben. Selbst unter den schlimmsten Umständen sind wir vorangeschritten.

Es gibt Augenblicke, in denen Gott Gehorsam verlangt. Doch es gibt auch Augenblicke, in denen er unseren Willen erproben will und uns herausfordert, Seine Liebe zu begreifen. Wir haben diesen Willen begriffen, als die Mauern von Akbar fielen: Sie haben unseren eigenen Horizont erweitert, haben zugelassen, daß jeder von uns sah, wozu er fähig ist. Wir haben aufgehört, über das Leben nachzudenken, und beschlossen, es zu leben.

Das Ergebnis ist gut.«

Elia bemerkte, daß die Augen der Menschen wieder leuchteten. Sie hatten begriffen.

»Morgen werde ich Akbar kampflos übergeben. Ich bin frei zu gehen, wann ich will, weil ich erfüllt habe, was der Herr von mir erwartete. Dennoch liegen mein Blut, mein Schweiß und meine einzige Liebe im Boden dieser Stadt, und daher habe ich beschlossen, bis zum Ende meiner Tage zu bleiben, um zu verhindern, daß sie wieder zerstört wird. Ein jeder möge entscheiden, wie er will, doch vergeßt eins nicht: Ihr seid viel besser, als ihr gedacht habt.

Nehmt die Chance wahr, die das Unglück euch gegeben hat. Nicht jeder ist fähig, dies zu tun.«

Damit hob Elia die Versammlung auf. Dem Jungen sagte er, er würde spät nach Hause kommen und er solle ins Bett gehen und nicht auf ihn warten.

Er ging zum Tempel, dem einzigen Ort, der der Zerstörung entgangen war und den sie nicht wiederaufbauen mußten, obwohl die Statuen der Götter von den Assyrern mitgenommen worden waren. Respektvoll berührte er den Stein, der die Stelle bezeichnete, an dem, wie die Tradition besagte, der Gründer der Stadt seinen Stab in den Boden gesteckt hatte und ihn nicht wieder herausziehen konnte.

Er dachte, daß Isebel jetzt solche Tempel in Israel errichtete und sich darin ein Teil seines Volkes in den Staub warf, um Baal und seine Götter anzubeten. Erneut berührte ihn eine düstere Vorahnung. Der Krieg zwischen dem Gott Israels und den Göttern der Phönizier würde lange dauern, länger als er sich vorstellen konnte. Er sah wie in einer Vision Sterne die Sonnenbahn kreuzen und Zerstörung und Tod über die beiden Länder bringen. Menschen, die in fremden Zungen sprachen, ritten auf stählernen Tieren und duellierten inmitten der Wolken.

»Nicht das ist es, was du jetzt sehen sollst, denn die Zeit dafür ist noch nicht gekommen«, hörte er seinen Engel sagen. »Sieh aus dem Fenster.«

Elia tat, wie ihm geheißen. Draußen beschien der Vollmond die Häuser und die Straßen Akbars und, obwohl es schon spät war, konnte er die Gespräche und das Lachen seiner Bewohner hören. Trotz der Rückkehr der Assyrer hatte dieses Volk noch Lebenswillen und war bereit, eine neue Etappe in seinem Leben anzugehen.

Da sah er eine Gestalt und wußte, daß es die Frau war, die er so sehr geliebt hatte und die jetzt zurückkam und stolz durch ihre Stadt wandelte. Er lächelte und spürte, daß sie ihn am Gesicht berührte.

»Ich bin stolz«, schien sie zu sagen. »Akbar ist wirklich immer noch schön.«

Er spürte einen Kloß in seinem Hals, doch er erinnerte sich an den Jungen, der nie eine Träne um seine Mutter vergossen hatte, und bezwang sich, indem er an die schönsten Momente ihrer gemeinsamen Geschichte zurückdachte – angefangen bei ihrer ersten Begegnung vor den Toren der Stadt bis hin zu dem Augenblick, in dem sie das Wort ›Liebe‹ auf ein Tontäfelchen geschrieben hatte. Er sah wieder ihr Kleid, ihr Haar, die feinen Linien ihrer Nase.

»Du hast zu mir gesagt, du seist Akbar. Also habe ich mich um dich gekümmert, habe deine Wunden geheilt und gebe dich jetzt dem Leben zurück. Mögest du mit deinen neuen Gefährten glücklich sein.

Ich möchte dir noch etwas sagen: Auch ich war Akbar – nur wußte ich es nicht.«

Er wußte, daß sie lächelte.

»Der Wüstenwind hat vor langer Zeit schon die Spuren unserer Schritte im Sand verweht. Doch in jeder Sekunde meines Lebens erinnere ich mich an das, was geschehen ist, und du gehst weiterhin durch meine Träume und meine Wirklichkeit. Ich danke dir dafür, daß du meinen Weg gekreuzt hast.«

Er schlief im Tempel und fühlte, wie die Frau sein Haar liebkoste.

Der Anführer der Kaufleute sah eine Gruppe zerlumpter Menschen mitten auf der Straße. Er hielt sie für Straßenräuber und bat alle Mitglieder der Karawane, zu ihren Waffen zu greifen.

»Wer seid ihr?« fragte er.

»Wir sind das Volk von Akbar«, antwortete ein bärtiger Mann mit leuchtenden Augen. Der Anführer der Karawane bemerkte, daß er mit ausländischem Akzent sprach.

»Akbar ist zerstört worden. Wir sind von der Regierung von Tyrus beauftragt, seinen Brunnen zu finden, damit die Karawanen durch dieses Tal ziehen können. Die Verbindungswege mit dem Rest des Landes können nicht für immer unterbrochen bleiben.«

»Akbar gibt es noch«, fuhr der Mann fort. »Wo sind die Assyrer?«

»Die ganze Welt weiß, wo sie sind«, lachte der Anführer der Karawane. »Sie düngen den Boden unseres Landes. Und ernähren seit langem unsere Vögel und die wilden Tiere.«

»Sie waren immerhin ein mächtiges Heer.«

»Ein Heer hat keine Macht, wenn man weiß, wann es angreifen wird. Akbar hatte uns gewarnt, und so konnten Tyrus und Sidon am anderen Ende des Tales einen Hinterhalt legen. Alle, die nicht in der Schlacht umkamen, wurden von unseren Seefahrern in die Sklaverei verkauft.«

Die zerlumpten Menschen riefen hurra, fielen einander um den Hals und lachten und weinten abwechselnd.

»Wer seid ihr alle?« fragte der Kaufmann abermals. »Und wer seid Ihr?« fragte er, indem er auf den Anführer wies.

»Wir sind die jungen Krieger von Akbar«, war die Antwort.

Die dritte Ernte begann, und Elia war der Stadthauptmann von Akbar. Anfangs hatte es großen Widerstand gegeben – der alte Stadthauptmann wollte zurückkehren und seinen Platz wieder einnehmen, weil dies die Tradition so gebot. Die Bewohner der Stadt weigerten sich jedoch, ihn zu empfangen, und drohten tagelang, das Wasser des Brunnens zu vergiften. Die phönizischen Behörden gaben schließlich ihren Forderungen nach – schließlich war Akbar bis auf das Wasser, das es den Reisenden lieferte, relativ unbedeutend, und die Macht in Israel lag in den Händen einer Prinzessin aus Tyrus. Daß sie den Posten des Stadthauptmanns mit einem Israeliten besetzten, gab den Regierenden Phöniziens Gelegenheit, ihre Handelsallianz in festere Bahnen zu lenken.

Die Kaufleute, die ihre Reisetätigkeit wieder aufgenommen hatten, verbreiteten die Nachricht in der gesamten Region. Eine Minderheit in Israel betrachtete Elia immer noch als einen Erzverräter, doch die Mehrheit vertraute darauf, daß Isebel diesen Widerstand zu gegebener Zeit brechen und Friede wieder in die Region einkehren würde. Die Prinzessin war zufrieden, weil einer ihrer Erzfeinde zu einem ihrer besten Verbündeten geworden war.

Gerüchte über eine neuerliche assyrische Invasion gingen um, und die Mauern von Akbar wurden wieder aufgebaut. Ein neues Verteidigungssystem wurde entwickelt, das zwischen Akbar und Tyrus verstreute Wachposten und Garnisonen vorsah. So konnte im Falle der Belagerung einer der Städte die andere ihr mit einem Teil der Truppen auf dem Landweg zu Hilfe eilen und gleichzeitig mit dem anderen Teil den Lebensmittelnachschub vom Meer her sichern.

Die Region blühte zusehends auf. Der neue israelitische Stadthauptmann hatte eine auf der neuen Schrift basierende strenge Steuer- und Warenkontrolle entwickelt, die nun den Alten von Akbar oblag. Die Frauen widmeten sich abwechselnd der Landarbeit und der Weberei. In der Zeit, als Akbar von der restlichen Welt abgeschnitten gewesen war, hat-

ten sie sich notgedrungen neue Webarten und -muster einfallen lassen müssen, um die spärlichen Lumpen und Stoff-
reste möglichst gut zu nutzen. Die ersten Kaufleute, die in
die Stadt kamen, waren von den Mustern so begeistert, daß
sie große Bestellungen aufgaben. Die Kinder beherrschten
inzwischen alle die Byblos-Schrift, die ihnen in Zukunft
sicher oft nützlich sein würde.

Man stand kurz vor der Ernte, und Elia wanderte über
die Felder und dankte dem Herrn für die unzähligen Seg-
nungen, die er in den vergangenen Jahren erhalten hatte. Er
sah die Leute mit ihren übervollen Getreidekörben, die
Kinder, die fröhlich um sie herum spielten. Er winkte ihnen
zu, und sie winkten zurück.

Lächelnd kam er bei dem Stein an, bei dem er vor Jahren
das Tontäfelchen mit dem Wort Liebe erhalten hatte und
wo er nun täglich den Sonnenuntergang betrachtete und
sich der Momente erinnerte, die er mit der Frau erlebt
hatte.

*»Nach einer langen Zeit kam das Wort des Herrn zu Elia,
im dritten Jahr: Geh hin und zeige dich Ahab, denn ich will
regnen lassen auf die Erde.«*

Auf dem Stein, auf dem er saß, sah Elia, wie die Welt um
ihn herum wankte. Der Himmel wurde einen Augenblick
lang schwarz, doch dann schien die Sonne wieder.

Er sah das Licht. Ein Engel des Herrn stand vor ihm.

»Was ist geschehen?« fragte Elia erschrocken. »Hat Gott
Israel vergeben?«

»Nein«, antwortete der Engel. »Er will, daß du Sein Volk
befreist. Dein Kampf gegen Ihn ist beendet, und in diesem

Augenblick segnet Er dich. Er gibt dir die Erlaubnis, Seine Werke auf Erden fortzusetzen.«

Elia war bestürzt.

»Warum gerade jetzt, wo mein Herz wieder Frieden gefunden hat?«

»Erinnere dich an deine Lektion«, sagte der Engel. »Und erinnere dich an die Worte, die der Herr zu Mose sprach: *Und gedenke all des Weges, durch den dich der Herr, dein Gott, geleitet hat, auf daß er dich demütige und versuche, daß kund würde, was in deinem Herzen wäre.*

So hüte dich nun, daß du des Herrn, deines Gottes, nicht vergessest. Daß wenn du nun gegessen hast und satt bist und schöne Häuser erbaut hast und darin wohnst und deine Rinder und Schafe und Silber und Gold und alles, was du hast, sich mehrt, daß dann dein Herz sich nicht überhebe und du vergessest des Herrn, deines Gottes.«

Elia wandte sich an den Engel. »Und Akbar?« fragte er.

»Es kann ohne dich leben, weil du einen Erben hinterlassen hast. Es wird lange überleben.«

Der Engel des Herrn verschwand.

Elia und der Junge gelangten zum Fuß des Fünften Berges. Buschwerk war zwischen den Steinen der Altäre gewachsen. Seit dem Tode des Priesters war niemand mehr hiergewesen.

»Laß uns hinaufsteigen«, sagte er.

»Das ist verboten.«

»Ja, es ist verboten. Doch das heißt nicht, daß es gefährlich ist.«

Und Elia nahm den Jungen an der Hand, und sie begannen den Aufstieg. Hin und wieder hielten sie inne und blickten hinunter ins Tal. Die Dürre hatte Spuren in der ganzen Landschaft hinterlassen, und mit Ausnahme der bebauten Felder rings um Akbar wirkte alles so rauh und wüst wie im Land Ägypten.

»Meine Freunde sagen, daß die Assyrer zurückkommen«, sagte der Junge.

»Möglicherweise schon, doch es hat sich trotzdem gelohnt, denn es war Gottes Art, uns etwas zu lehren.«

»Ich weiß nicht, ob Er sich so sehr um uns kümmert«, sagte der Junge. »Es hätte nicht so hart sein müssen.«

»Er wird es auf andere Weise versucht haben, bis Er bemerkte, daß wir Ihn nicht hörten. Wir waren zu sehr an unser Leben gewöhnt und lasen Seine Worte nicht mehr.«

»Wo stehen sie geschrieben?«

»In der Welt ringsum. Man braucht nur auf das zu achten, was in unserem Leben geschieht, um in jedem Augenblick eines Tages herauszubekommen, wo Er Seine Worte und Seinen Willen verbirgt. Versuch zu erfüllen, worum Er dich bittet: Dies ist der einzige Grund, weshalb du auf dieser Welt bist.«

»Wenn ich es herausbekomme, werde ich es auf Tontafeln schreiben.«

»Tu das. Doch schreibe sie vor allem in dein Herz. Dort können sie weder verbrannt noch zerstört werden, und du kannst sie überallhin mitnehmen.«

Sie stiegen weiter hinauf. Die Wolken waren nun sehr nah.

»Ich möchte dort nicht hineingehen«, sagte der Junge, indem er auf sie zeigte.

»Sie werden dir nichts tun. Es sind nur Wolken. Komm mit mir.«

Er nahm ihn wieder bei der Hand, und sie stiegen hinauf.

Allmählich gelangten sie in den Nebel. Der Junge klammerte sich an ihn, und obwohl Elia hin und wieder versuchte, mit ihm zu reden, sagte er kein Wort. Sie wanderten auf dem nackten Fels des Gipfels.

»Laß uns umkehren«, bat der Junge.

Elia blieb stehen. Dieser Junge hatte für sein kurzes Leben schon viele Schwierigkeiten und genug Angst erlebt. Kurz darauf traten sie aus dem Nebel und sahen wieder hinunter ins Tal.

»Suche irgendwann in der Bibliothek, was ich für dich aufgeschrieben habe. Es heißt *Das Handbuch des Kriegers des Lichts*.«

»Bin ich ein Krieger des Lichts?« entgegnete der Junge.

»Kennst du meinen Namen?« fragte Elia.

»Befreiung.«

»Setz dich hier neben mich«, sagte Elia, indem er auf einen Felsen wies. »Ich darf meinen Namen nicht vergessen. Ich muß meine Aufgabe weiterführen, auch wenn ich in diesem Augenblick nichts lieber möchte, als nur an deiner Seite zu sein. Deshalb wurde Akbar wieder aufgebaut: um uns zu lehren, daß man voranschreiten muß, auch wenn es noch so schwer erscheint.«

»Gehst du fort?«

»Woher weißt du das?« fragte er überrascht.

»Ich habe es gestern abend auf ein Tontäfelchen geschrieben. Irgend etwas, vielleicht meine Mutter oder ein Engel, sagte es mir. Doch ich fühlte es schon in meinem Herzen.«

Elia strich dem Jungen über den Kopf.

»Du hast Gottes Willen lesen können«, sagte er zufrieden. »Daher brauche ich dir nichts weiter zu erklären.«

»Was ich gelesen habe, war die Traurigkeit in deinen Augen. Meine Freunde haben es auch bemerkt.«

»Diese Traurigkeit, die ihr in meinen Augen gelesen habt, ist ein Teil meiner Geschichte. Doch nur ein kleiner Teil, der nur ein paar Tage dauern wird. Morgen, wenn ich nach Jerusalem aufbreche, wird sie schon weniger stark sein, und ganz allmählich wird sie verschwinden. Trauer ist nie für ewig, zumal wenn wir auf das zugehen, was wir immer gewünscht haben.«

»Muß man immer aufbrechen?«

»Man muß immer wissen, wann eine Etappe im Leben vorüber ist. Wenn du länger als notwendig verharrst, verlierst du deine Fröhlichkeit und das Gefühl für alles andere. Und dann riskierst du, daß Gott dich schüttelt.«

»Der Herr ist hart.«

»Nur mit den Auserwählten.«

Elia blickte auf Akbar hinunter. Ja, Gott konnte oft sehr hart sein, doch nie härter, als der Betroffene ertragen konnte: Der Junge wußte nicht, daß da, wo sie jetzt saßen, ihn einst ein Engel des Herrn besucht und gelehrt hatte, wie er den Jungen von den Toten zurückholen konnte.

»Wirst du mich vermissen?« fragte er.

»Du hast gesagt, daß die Traurigkeit vergeht, sofern wir voranschreiten«, antwortete der Junge. »Noch ist viel zu tun, um Akbar so schön zu machen, wie meine Mutter es verdient. Sie geht durch seine Straßen.«

»Komm an diesen Ort zurück, wenn du mich brauchst. Und blicke nach Jerusalem hinüber: Ich werde dort sein und versuchen, meinem Namen, *Befreiung,* einen Sinn zu geben. Unsere Herzen sind auf immer verbunden.«

»Hast du mich deshalb auf den Gipfel des Fünften Berges gebracht? Damit ich Israel sehen kann?«

»Damit du das Tal sehen kannst, die Stadt, die anderen Berge, die Wolken. Der Herr pflegt Seine Propheten auf die Berge steigen zu lassen, um mit ihnen zu reden. Ich habe mich immer gefragt, warum, und jetzt weiß ich es. Von hoch oben sehen wir alles ganz klein.

Unsere ruhmreichen Momente und unsere Trauer werden weniger wichtig. Was wir errungen oder verloren haben, bleibt unten im Tal. Vom Gipfel des Berges siehst du, wie groß die Welt ist und wie weit ihre Horizonte.«

Der Junge blickte um sich. Vom Gipfel des Fünften Berges wehte der Geruch des Meeres, der die Strände von Tyrus bespülte. Und er hörte den Wüstenwind, der von Ägypten her wehte.

»Ich werde eines Tages Akbar regieren«, sagte er zu Elia. »Ich weiß, was groß ist, aber ich kenne auch jede Ecke der Stadt. Ich weiß, was geändert werden muß.«

»Dann ändere es. Laß den Stillstand nicht zu.«

»Hätte Gott nicht eine andere Art wählen können, uns dies alles zu zeigen? Es gab einen Augenblick, da dachte ich, Er sei böse.«

Elia schwieg. Er erinnerte sich an ein Gespräch, das er vor vielen Jahren mit einem levitischen Propheten geführt hatte, als beide darauf warteten, daß die Soldaten von Isebel kamen, um sie zu töten.

»Kann Gott böse sein?« fragte der Junge abermals.

»Gott ist allmächtig«, antwortete Elia. »Er kann alles, und nichts ist ihm verboten, denn wäre es anders, gäbe es jemanden, der mächtiger und größer wäre als Er, um ihn gewisse Dinge nicht tun zu lassen. In diesem Fall würde ich diesen mächtigeren Jemand anbeten und verehren.«

Er wartete eine geraume Weile, damit der Junge Zeit hatte, den Sinn seiner Worte zu verstehen. Dann fuhr er fort: »Dennoch hat Er es wegen Seiner unendlichen Macht für richtig befunden, nur Gutes zu tun. Gehen wir bis an das Ende unserer Geschichte, dann sehen wir, daß das Gute häufig als Böses verkleidet ist und trotzdem das Gute und Teil des Planes bleibt, den Er für die Menschheit geschaffen hat.«

Elia nahm den Jungen an der Hand, und sie kehrten schweigend zurück.

In jener Nacht schlief der Junge in seinen Armen. Kaum daß der Tag anbrach, löste sich Elia vorsichtig von ihm, um ihn nicht zu wecken.

Dann zog er das einzige Kleidungsstück an, das er besaß, und ging hinaus. Auf dem Weg hob er einen Stecken auf und nahm ihn als Wanderstock. Er wollte sich niemals mehr von ihm trennen: Es war die Erinnerung an seinen Kampf mit Gott, an die Zerstörung und den Wiederaufbau von Akbar.

Ohne sich einmal umzublicken, machte er sich auf den Weg nach Israel.

Epilog

Fünf Jahre später besetzte Assyrien abermals das Land. Diesmal mit einem professionelleren Heer und kompetenteren Generälen. Ganz Phönizien fiel unter die Herrschaft des fremden Eroberers – außer Tyrus und Zarpat.

Der Junge wurde zum Mann und regierte Akbar. Er wurde von seinen Zeitgenossen für einen Weisen gehalten. Er starb als alter Mann umgeben von seinen Lieben und sagte immer, die Stadt müsse »schön und stark bleiben, weil die Mutter weiterhin in ihren Straßen« wandelte. Aufgrund des gemeinsam erarbeiteten Verteidigungssystems wurden Tyrus und Zarpat erst 701 v. Chr. von dem assyrischen König Sanherib erobert, also beinahe einhundertsiebzig Jahre nach den in diesem Buch erzählten Ereignissen.

Von da an haben jedoch die phönizischen Städte nie wieder ihre Bedeutung zurückerlangt und erlebten eine Reihe von Invasionen durch die Neo-Babylonier, die Perser, die Makedonier, die Seleukiden und schließlich durch die Römer. Dennoch bestehen sie bis in unsere Tage weiter, weil den Traditionen zufolge der Herr niemals zufällig die Orte auswählt, die er besiedelt sehen wollte. Tyrus, Sidon und Byblos gehören noch immer zum heutigen Staat Libanon, der weiterhin ein Schlachtfeld ist.

Elia kehrte nach Israel zurück und versammelte die Propheten auf dem Berg Karmel. Dort bat er sie, sich in zwei Gruppen aufzuteilen: diejenigen, die Baal anbeteten, und diejenigen, die an den Herrn glaubten. Den Anweisungen des Engels folgend, gab er der ersten Gruppe ein Kalb und bat sie, zum Himmel zu beten, damit ihr Gott das Opfer annahm. Die Bibel erzählt:

»Da es nun Mittag ward, spottete ihrer Elia und sprach: Rufet laut! denn er ist ein Gott; er dichtet oder hat zu schaffen oder ist über Feld oder schläft vielleicht, daß er aufwache.

Und sie riefen laut und ritzten sich mit Messern und Pfriemen nach ihrer Weise, bis daß ihr Blut herabfloß... Und war keine Stimme noch Antwort noch Aufmerken.

Da nahm Elia sein Tier und opferte es gemäß den Anweisungen des Engels. Da fiel das Feuer des Herrn herab und fraß Brandopfer, Holz und Steine und Erde... Und ehe man zusah, ward der Himmel schwarz von Wolken und Wind, und kam ein großer Regen und machte den vier Jahren Dürre ein Ende.«

Von dem Augenblick an begann ein Bürgerkrieg. Elia ließ die Propheten hinrichten, die den Herrn verraten hatten, und Isebel suchte ihn überall, um ihn zu töten. Er flüchtete jedoch in das östliche Gebiet des Fünften Berges, das nach Israel hinging.

Die Syrer fielen in Israel ein und töteten König Ahab, den Mann der Prinzessin aus Tyrus, mit einem Pfeil, der durch seinen Panzer drang. Isebel verschanzte sich in ihrem Palast. Als sie sich nach blutigen Volksaufständen schließlich ergeben mußte, stürzte sie sich aus dem Fenster, um der Schmach des Gefängnisses zu entgehen.

Elia aber blieb meist auf dem Berg. Die Bibel erzählt: An einem Nachmittag, als er mit Elisa sprach, den der Prophet zu seinem Nachfolger ernannt hatte, »kam ein feuriger Wagen mit feurigen Rossen, die schieden die beiden voneinander. Und Elia fuhr im Wetter gen Himmel.«

Beinahe achthundert Jahre später fordert Jesus Petrus, Jakobus und Johannes auf, einen Berg zu besteigen. Der Evangelist Matthäus berichtet: »*Und er ward verklärt vor ihnen, und sein Angesicht leuchtete wie die Sonne, und seine Kleider wurden weiß wie ein Licht. Und siehe, da erschienen ihnen Mose und Elia; die redeten mit ihm.*«

Jesus gebot den Aposteln, niemandem von dieser Vision zu erzählen, bis der Menschensohn nicht von den Toten auferstanden sei, doch sie sagten, dies würde erst geschehen, wenn Elia wiederkäme.

Matthäus erzählt dann den Rest der Geschichte:

»*Und seine Jünger fragten ihn und sprachen: Was sagen denn die Schriftgelehrten, Elia müsse zuvor kommen? Jesus antwortete und sprach zu ihnen: Elia soll ja zuvor kommen und alles zurechtbringen.*

Doch ich sage euch: Es ist Elia schon gekommen, und sie haben ihn nicht erkannt, sondern haben an ihm getan, was sie wollten.

Da verstanden die Jünger, daß er von Johannes dem Täufer zu ihnen geredet hatte.«